東京日記　1+2

卵一個ぶんのお祝い。／ほかに踊りを知らない。

川上弘美

集英社文庫

目次

東京日記

卵一個ぶんのお祝い。

東京日記2 ほかに踊りを知らない。

本書は、平凡社より刊行された『東京日記　卵一個ぶんのお祝い。』（二〇〇五年九月）と、『東京日記2　ほかに踊りを知らない。』（二〇〇七年十一月）を文庫化にあたり、一冊に再編集し、『東京日記1+2　卵一個ぶんのお祝い。／ほかに踊りを知らない。』と改題したものです。

初出
「東京人」　二〇〇一年五月号〜二〇〇七年四月号

本文イラストレーション／門馬則雄
本文デザイン／宇都宮三鈴

東京日記

1+2

卵一個ぶんのお祝い。／ほかに踊りを知らない。

卵一個ぶんのお祝い。

東京日記

「大福おじさん」を見た。

三月某日　晴

寒い日。

両国の江戸東京博物館に行く。

行きの電車の中で、「大福おじさん」を見る。背広を着て、鞄《かばん》を持って、姿勢よく立って、混んだ電車の中で大福を食べているおじさんである。

おじさんはまず、鞄の中から、ゆっくりと大福を取り出す。一個、食べる。二個めに、かかる。三個めも、全部きれいにたいらげる。合間に、缶入りの十六茶も飲む。

合計六個、おじさんは大福を食べた。食べおわると、ハンカチで口のまわりをはらい、次に停車した駅で降りていった。最後までおじさんの背筋はぴんと伸びていた。

帰りに両国の駅で「どすこいせんべい」（バラ売り）五枚をおみやげに買う。

三月某日　曇

百円ショップがこのごろとても充実していると教えてくれた人がいたので、見にいく。

なるほど、さまざまなものを売っている。広沢虎造のCDを一枚百円で売っていたりして、その安さにしんそこ驚く。

ツボ押し器を三種類買う。蛙《かえる》の形のものと、四面体のものと、杖《つえ》形のもの。蛙の形のものを「タツヤ」と名づける。タツヤという名の人に知り合いがいないので。でもちょっと知り合ってみたい名前なので。

夜、タツヤに腰と肩のツボ押しをさせたけれど、あまり効かない。

三月某日　晴

夜中、コンビニに行く。暖かくなってきたが、夜はまだ寒い。パジャマの上にセーターとズボンを着て、その上にコートをひっかける。パジャマを服の下に着ていると、なんだか安らか。

帰り道、「このへんで誰か知り合いの人に会って、『お茶でも飲んでかない』と誘われて、部屋に上がって話しこんでいるうちに真夜中になって、それなら泊まっていかない？　ということになって、その時に服の下にパジャマを着ていることがばれちゃったらどうしよう」と突然考えついて、どきどきする。

知り合いに会わないよう、なるべく暗い道を選びながら、帰る。

三月某日　晴

大人計画の劇を下北沢に見にいく。

松尾スズキの体の動かしかたが、好きなのである。なんというか、残像が残るような感じの動きだ。たとえば松尾スズキが五十センチ舞台上を移動すると、一瞬、元の場所と五十センチ移動した先との両方に、松尾スズキの腰とか腕とかが同時に見える、そんな感じ。

終わってから生ビールを二杯。後のビールがとてもおいしく感じられる劇でした。

よくあること？

四月某日　晴

お花見に行く。

「花茣蓙《ござ》を手に入れたのよ」と友だちが誘ってくれたのである。

「花茣蓙とはまた正統派」と言うと、友だちは自慢そうな顔をした。

友だちは花茣蓙を持って、わたしはお弁当を作って、善福寺《ぜんぷくじ》公園に行った。花茣蓙をひろげ、お弁当をひろげ、日本酒の四合瓶の蓋もあけ、しずしずとお花見を始める。近くにある井《い》の頭《かしら》公園は人がごったがえしているのに、ここの公園にはお花見の人がぜんぜんいない。飲み食いしているわたしたちを、道ゆく人たちがじろじろ見てゆく。

桜も柳も美しい。お弁当にもお酒にも、たくさん花びらが散りかかる。四合瓶が空くと同時にお弁当もぜんぶ食べ尽くされた。友だちは花茣蓙をくるくるとまるめた。交代で肩に茣蓙をかつぎあって、西荻窪《にしおぎくぼ》の駅までゆっくりと歩いて帰った。

四月某日　晴

お茶の水に行く。ひさしぶりの外出。

女三人で飲むのである。一人が遅れるというので、山の上ホテルのバーでビールを飲みながら待つ。大人の女になった気分。

三人揃《そろ》ったところで街に出て、飲んで食べて、また山の上ホテルに戻って、カクテルをたくさん飲んで、みんなでスパゲッティーをわけあって、さらにカクテルを飲む。

カクテルを頼むとき、「ジントニックにします。あ、ちがった、ブラッディメアリーにします。あ、ちがった、ソルティードッグにします。あ、やっぱりブラッディメアリーにします」と言っている自分に気づいて、やっぱり「大人の女」になんかなっていないよな、と反省する。

四月某日　雨

仕事の打ち合わせ。

駅の近くのホテルの一階の喫茶店で待ち合わせていたら、その喫茶店がなくなっていたので驚く。忽然《こつぜん》と、喫茶店は消えていた。

おろおろしながら待っていると、同じようにおろおろした仕事先の人が、走り寄ってきた。二人で世の無常をなげきあう。

四月某日　曇

仕事の打ち合わせ。

いつも使っているホテルの一階の喫茶店が忽然と消えてしまったので、そのななめ向かいの道沿いの喫茶店を使う。

打ち合わせが終わってから外に出て見ると、ホテルの一階にふたたび喫茶店があらわれている。忽然と、喫茶店はあらわれた。

いやーん、と言いながら家に帰って、布団をかぶって、しばらくぐずぐずする。

様子を見にきたこどもに訊《たず》ねられ、いきさつを話すと、こどもはふうん、と言ったあとに、よくあることだよ、と続けた。

よくあることなのか？

銀座のてんぷら。

五月某日　雨

てんぷらを食べに行く。

銀座のへんの店である。

銀座のてんぷら、という言葉にうっとりとする。銀座でてんぷらなんか食べたことは、今までの一生で、三回くらいしかない。

「三越のライオンの前で待ち合わせましょう」と連れの人に言われ、銀座のライオンの前で待つ。「銀座のてんぷら」に興奮しているので、二十分くらい前に行って待っている。

五分前になっても待ち合わせの相手は来ない。早めに来そうな人なので、ちょっと不安になる。もしや日本橋三越の前だったんじゃないか、と思いはじめると、居ても立ってもいられなくなる。

遂《つい》に地下鉄に飛び乗って、三越前まで行く。息を切らせながら階段を上ると、やはり待ち合わせの人はそこにいた。

「銀座のてんぷらじゃなかったんですか」と、少々落胆しながら聞くと、「広い意味ではここも銀座あたりですよ」と待ち合わせの相手が請け合ってくれたので、安心する。

五月某日　晴

てんぷらを食べに行く。

今度も、銀座のへんの店である。

月に二回ものてんぷらである。それも、今までの一生に三回（前回を入れると四回）しかなかった「銀座のてんぷら」が、突然高頻度でやってきたのである。

たぶんこの先二十年くらいは、銀座のてんぷらには縁がないに違いない。

五月某日　曇

吉祥寺の絵本屋さんに行く。

数冊買ってから外に出ると、そろそろ夕方になろうとしていた。荷台に大きな籐《とう》のかごをくくりつけた自転車を引いて、おねえさんが歩いてくる。店のすぐ前でおねえさんは止まった。自転車のスタンドを、ゆっくりと立てる。

おねえさんは、籐のかごを開けて、たたずんだ。しばらくすると並びの店から店員さんたちが出てきて、籐のかごの中にあるクッキーやケーキやキッシュを買っていった。

おねえさんは、移動ケーキ屋さんなのであった。

「いつもこの時間に来るんですか」と聞くと、おねえさんは「うーん、気が向くとね」と答えてにこにこした。商売ではなく、趣味の移動ケーキ屋さんなのであるらしい。

かぶのキッシュを二個買う。

五月某日　晴

どうしようもなくそうめんが食べたくなったので、今年はじめてのそうめんを茹《ゆ》でる。

今年はじめて食べるそうめんは、汁につけてはならない。薬味を使ってもいけない。正真正銘の素そうめんでなければならない。

一把きっちりと食べて、満足する。

六月の雨降り。

六月某日　晴

外苑前《がいえんまえ》に、Y口さんの個展を見にゆく。Y口さんはふしぎな猫の絵を描くひとである。

図書館の司書をしているらしい猫が本の整理のために台車を押している版画がよかったので、「これがいいですね」というと、Y口さんは笑いながら「今回出した絵の中で、いちばん何も考えてない猫ですよ、こいつは」と答えてくれた。

会場終了の時刻がきたので、表参道駅まで一緒に歩く。道を歩きながら、お天気から最近の世相から世間の恋愛観の是非までのあれこれを、大きな声で喋《しゃべ》りあう。道を横切るときも歩道橋を上っているときも歩道橋を下りているときも人ごみにまぎれてちょっと離れたときも、大声で喋りあっていたら、前を歩いていたカップルが非常に迷惑そうにふりかえったので、ますます大きな声で喋ってやった。

六月某日　雨のち晴

上野に行く。

公園をつっきって用を足しに行き、また公園をつっきって美術館に戻り、また公園をつっきって飲み屋に行き、また公園をつっきって駅まで戻る。

つっきるたびに、屋外生活のひとたちの住む、まっさおな防水シートでできたテントが、目に入る。小さめのテントもあるし、四人家族が住めそうなくらい大きなテントもある。倉庫みたいな付属部屋のついたものもあれば、電化製品を備えているらしいものもある。

昼間はどのテントもしんとしていたが、最後に公園をつっきった夜中に見たら、全体が少しざわざわとしていた。活動時間帯に入ったのだろうか。

六月某日　晴れのち雨

夕刻、仕事で六本木に行く。帰途に暗闇坂をのぼっているときに雨がひとつぶふたつぶ頭に落ちてきたと思ったら、暗闇坂をのぼりきったところでずどんと雨が降りだした。

あわてて近くの薬局で傘を買う。駅に戻って地下鉄に乗ろうと思ったが、あんまり雨が激しいので、もっと見ていたくて、アマンドに入る。夜のスコールですね、と言いあいながら、一緒にいた歌人のM原さんと、ガラス越しにじっと雨を見つめる。

六月某日　晴れのち雨

夕刻、近くのスーパーマーケットに行く。フランスパンを一本とトマトを三個ときゅうりを五本。表通りを歩いているときに雨がひとつぶふたつぶ頭に落ちてきたと思ったら、横道に曲がったところでずどんと雨が降りだした。

あわてて走ろうかとも思ったが、なんだか面倒で、それまでと同じペースでぺたぺた歩きつづける。家に帰ってから見ると、トマトときゅうりが露をふくんでとてもみずみずしくなっていて、よろこぶ。ただしフランスパンまでもがしっとりしめって露をふくんでいるのには、まいった。

不慣な腕時計。

七月某日　雨

「占いに行っちゃった」と電話で友だちが言う。

「何占ったかー」

「そりゃ、恋愛関係でしょ」

「ブップー」

　金銭関係？　旅立ち関係？　家建てる関係？　試験？　失《う》せ物《もの》？　再就職？

次々に挙げていったが、ぜんぜん当たらない。

「正解はなんなの」とわたしが聞くと、友だちは電話の向こうでちょっと息をひそめた。

「絶対に誰にも言わない？」

「誓う」

「あのね、世界征服をしたいんだけど、可能性はどのくらいありますか、って、きいた」

「えっ」

「かなりね、あたし、可能性、あるみたい」

「……」

「七十三パーセントくらいだって」

「……」

友だちはふたたび息をひそめた。わたしも受話器を強く握ったまま、息をひそめた。そのまましばらく二人して息をひそめていた。

七月某日　曇

青山の草月ホールに、フィンランドから来日した「叫ぶ男たち」の「叫び」を聞きに行く。なにしろ、叫ぶのである。フィンランド国歌を、フランス国歌を、アメリカ国歌を、君が代を、子守歌を、他さまざまな歌を、歌わずに、叫ぶのである。

黒いスーツの男たちが二十四人、指揮者のタクトにあわせて、真面目に激しく叫ぶのである。

叫んでいるうちに、男たちのうちの一人の顔がまっかになってくる。そのままぽんと破裂したらどうしようというくらい、どんどんまっかになってくる。怖くてしょうがなかった。

七月某日　晴

突然西瓜《すいか》が食べたくなって、スーパーマーケットに行く。

黄色い西瓜と赤い西瓜の、切りわけて冷やしてあるのを、両方買って帰る。

家に帰ってから、そのままかぶりつく。昔は、ぬれ縁に座って庭に向かって種を飛ばしながら西瓜にかぶりついたものだった。でも狭いアパートの部屋の中では西瓜の種を飛ばせない。しょうがないので、風呂場で種を飛ばすことにする。

ぺっぺっとたくさん飛ばして、たいそういい気分になる。

七月某日　晴

腕時計が止まってしまう。ちょうど九時半で止まっている。困ったなあと思いながら、そのまま腕にはめていた。打ち合わせを一つ終えて、夕飯の買い物をして、本屋に行って、図書館に行って、自転車を漕《こ》いで家に帰った。一度腕時計をはずし、ご飯をつくったりいろいろした後、ふたたび打ち合わせに出かけるためにまた腕時計をはめた。

夜になってまた腕時計をはずしながら、そういえば今日は一回も腕時計で時間を確かめなかったことに気がついた。一日じゅう九時半を指していてもぜんぜんかまわなかった。

腕時計が不憫《ふびん》でたまらなくなる。

どうして逃げるのー。

八月某日　晴

突然、自分が「○○の分野のベスト3」という類のものを選ぶのが、不得意でしょうがないことを思い出す。「今年見た映画のベスト10を教えて下さい」だの「去年の文庫ベスト5は」などと聞かれても、いつもむっつりとおし黙ってしまうばかりなのである。

なんだかくやしいので、ついさっき読んだ二冊の歌集からそれぞれのベスト3を選びだす決意をする。

A　傷ついたほうが偉いと思っている人は
　　あっちへ行って下さい

B　ハロー　夜。ハロー　静かな霜柱。

ハロー　カップヌードルの海老《えび》たち。
B　温泉の効能書きは動物が
がんばって書いた言葉のようだ
A　3人で傘もささずに歩いてる
いつかばらけることを知ってる
B　さようなら。人が通るとピンポンって
鳴りだすようなとこはもう嫌
B　海の生き物って考えてることが
わかんないのが多い、蛸《たこ》ほか

というのを、一晩じゅうかかって選んだのだけれど、どうしてもこれではベスト3ではない。ベスト2とベスト4である（Aの歌は加藤千恵著『ハッピーアイスクリーム』より、Bの歌は穂村弘著『手紙魔まみ、夏の引越し（ウサギ連れ）』より）。考えあぐねているうちに夜が明けてきたので、泣きそうになる。なんでこんな苦

行みたいなことをしなきゃならないのか、ぜんぜんわからなくなってくる。しばらくよくよしてから、「蛸ほか」とつぶやいて、ちょっと、泣く。

八月某日　晴

渋谷で打ち合わせ。編集者のひとと夕飯を食べてから別れ、国道２４６にかかる巨大な歩道橋を渡っていたら、知り合いに会う。「あれっ、ひさしぶりだねえ」と声をかけたら、知り合いは走って逃げた。しばらく歩道橋の上を追いかけたが、しまいに見失う。

八月某日　晴

渋谷の巨大歩道橋を歩いていると、先日歩道橋の上で見失った知り合いの姿を、ふたたび見つける。今度こそ逃げられまいと、足音を忍ばせて知り合いのすぐそばまで近づき、「わっ」とおどかす。

知り合いはわたしの声を聞いたとたんに、また逃げ出した。追いかける気力はもうなかったので、知り合いの背中に向かって「どうして逃げるのー」と叫ぶと、知り合いは「夏の終わりはさみしいですからー」と、走りながら答えた。

八月某日　曇

中央線に乗っていたら、隣に立っているおばあさんから、「体格がいいのねえ」と話しかけられる。はあ、と曖昧に答えると、おばあさんは「そんなに体格がいいから、おこさんを五人も産んだのね」と続ける。五人もこどもを産んだ覚えはなかったが、おばあさんがあんまり確信に満ちてにこにこしているので、だんだん自信がなくなってくる。

卵一個ぶんのお祝い。

九月某日　晴

銀座に行く。仕事をすませて道を歩いていると、ピルゼンの前に出る。ピルゼンには、そういえば昔勤めをしていたころに、よく来た。昼間っからおいしいビールが飲めるので、ときどきはインチキな理由をでっちあげて早引けして、こっそりビールを飲みにきたものだった。

あと十日ほどで店じまいだと書いてあった。悲しくなって、どんどんビールを飲む。隣のテーブルのおばあさん二人連れも、どんどんビールを飲んでいる。そのうちに、できあがってきたらしく、おばあさんたちは近隣のテーブルの人たちに声をかけはじめた。

「あたしたち、もう七杯飲みました。あなたは何杯め」

そんなふうに問いかける。自分が問われたらさっとおばあさんたちのテーブルに移って一緒に飲もうと身構えていたのに、おばあさんたちはちっともわたしに声をかけてくれない。なんだか若いかわいい女の子にばかり話しかけている。三十分ほど身構えつづけたが、ついにおばあさんたちの目に、わたしはとまらなかったらしい。

高い天井のお手洗いで用を足してから、すごすごと店を後にする。

九月某日　晴

青山劇場に『大江戸ロケット』を見にゆく。古田新太《あらた》はほんとうにいろっぽいおじさんだなあと、感心する。いろっぽい若者やいろっぽいナイスミドル（死語？）やいろっぽい老人はあんがい多いけれど、いろっぽいおじさんは、稀《まれ》にしかいない。

終わってから渋谷の町まで坂を下る。宮益坂を下りきったところに昔あった同伴喫茶に、二十年以上も前に一回だけ入ったことがあったなあと、突然思いだす。

九月某日　晴

　仕事場の引っ越しがしたくなったので、不動産屋に行く。この前に引っ越したのは、二年半ほど前だった。二年以上引っ越しをしないと、うずうずしてしまう質《たち》なのだ。

九月某日　晴

　不動産屋のおねえさんと、いくつか部屋を見てまわる。どれもよかったが、結局いちばん安い部屋に決める。

「自由業・女性・四十歳過ぎ」という悪条件なので、借り手として適格かどうかについて家主がどう判断するかが、わたしの引っ越しの最大の山場である。

「借りられますかねえ」とおねえさんに聞くと、おねえさんは少し眉を寄せた。

「借りられますよねえ」もう一度、すがるように聞くと、おねえさ

んはさらに眉を寄せ、大きなため息をついた。前途多難である。

九月某日　晴

不動産屋のおねえさんから、家主の了承が無事出たとの電話がある。
お祝いに、お昼に食べる納豆に生卵を一個割り入れる（生卵はぜいたくなので、いつもは入れない）。

引っ越しだったんです。

十月某日　雨

引っ越し。

朝から雨がしとしと降っている。わたしはけっこう雨女なのである。

昼ごはんを、アパートの数軒先にある「丸幸《まるこう》」というラーメン屋で食べることにする。きっと「丸幸」でニラ炒《いた》め定食を食べるのは今日で最後になるだろうな、とセンチメンタルになりながらお店の前まで歩いたら、「本日臨時休業」の札が下がっていた。

がっかりして、コンビニでおむすびを買ってくる。がらんとした部屋で、ぼそぼそとおむすびを食べる。

十月某日　晴

引っ越し先の近所を散歩する。

商店街に、小さな傘屋や八百屋や鶏屋が並んでいる。春乃湯という銭湯もある。よさそうな町、と思いながら歩く。でも実は心が晴れない。「丸幸」に心が残っているのである。

どこかの店に入って昼ごはんでも、と思うのだが、どうしても入れない。コンビニでおむすびを買って、ダンボールに埋もれながらぼそぼそと食べる。

十月某日　曇

「そろそろ原稿の締切りなんですが、いかがですか」という電話がかかってくる。

ものすごく驚く。引っ越しをしたので、原稿の締切りというものがこの世の中にあることを、しばらく忘れていたのだ。一度に一つのことしか考えられない質《たち》なのである。

「引っ越しだったんです」と言うと、電話の向こうでしばしの沈黙がある。

「引っ越しで……」繰り返すと、相手はおほんと咳払《せきばら》いした。

「引っ越しは大変ですよねえ」と、相手が言う。そうなんです、ほんとに引っ越しは大変なんです。力を得て答えると、相手はまたおほんと咳払いをした。

引っ越しでたった埃《ほこり》で弱っていることを示すために、電話口でしきりに鼻をすってみたりくしゃみをしてみたりしたが、相手はぜんぜん動じなかった。

十月某日　晴

原稿を書く。原稿を書きはじめると、こんどは引っ越しをしたことをすっかり忘れてしまう。一度に一つのことしか考えられない質なのだ。

ようやく書きあげてファックスで送る。

疲れたから「丸幸」でニラ炒め定食でも食べようか、と思って玄関を出たとたんに、引っ越していたことを思い出す。

思い出したとたんに「丸幸」に行きたくて行きたくて、矢も盾もたまらなくなる。さんざん思い悩んだ末、電車で「丸幸」に行くことにする。

「丸幸」に入っていくと、おねえさんが「まいどー」と言う。まいどー、なんて言わないでよ、またセンチメンタルになっちゃうじゃない、と心の中で思うが、ニラ炒め定食が来たとたんにセンチメンタル関係のことは忘れてしまう。一度に一つのことしか考えられない質なのだ。

色ぼけ欲ぼけ？

十一月某日　晴

仕事に行こうと地下鉄に乗る。

とてもすいている。土曜日の夕方である。ぼんやりとトンネルの中の暗さを感じていると、足もとに流れてきたものがある。

黄色い、車両のはじっこの方から静かに流れてきたそれは、おしっこらしかった。

匂いが、たしかにおしっこである。

地下鉄が揺れるたびに、おしっこは伸びたり戻ったりする。

誰のしたおしっこかしらんと探してみるが、おしっこを今さっきしたように見える人は、一人もいない。まばらにいる人たちは、誰もが整然とした様子で、おしっこのことなど見向きもせずに座っている。

おしっこはかすかに湯気をたてていた。

十一月某日　曇

なんだかとても寒い日。ワープロを打っていると、指がかじかんでくる。「寒いー」と言いながら暖かそうなものを探すが、部屋の中には何も暖かそうなものがない。もともと部屋につくりつけのガスストーブをつけてみるが、これが「なんとかインバーター式」のものだからなのか、それとも機嫌が悪いからなのか（引っ越したばかりなので、どちらなのだかうまく把握できていない）、ぜんぜん暖かい息をはいてくれない。

椅子にさわっても、寒い。机も寒い。床も寒い。毛布にくるまっても寒い。誰かわたしをあたためてー、と言いながら部屋じゅうをさがしまわり、電気ポットを見つける。

抱きついたら、ものすごく暖かかった。抱きしめているだけで、てのひらも指先も首も胸もとも、全部あたたまった。

ぎゅっと抱きしめて、長いあいだ、頬を寄せていた。

十一月某日　晴

新橋演舞場で久世光彦さん演出の『冬の運動会』を見る。

おおがかりなまわり舞台に見とれる。登場人物たちの、現実の人間とは微妙にずらしてある演技にも見とれる。

セットの塀には、昭和三十年代に上映された映画のポスターが二枚、さりげなく貼ってある。一枚は『下町の太陽』。もう一枚は『色ぼけ欲ぼけ物語』というもの。

夜眠る前に『色ぼけ欲ぼけ物語』のことを考え始めたら、眠れなくなってしまう。色ぼけ欲ぼけ？

十一月某日　雨

部屋で仕事をしていると、達筆のファックスがくる。

「くぜさんです　色ぼけ欲ぼけ物語　'63松竹　監督、堀内真直　主演、伴淳三郎柳沢真一」とだけ書いてあった。
ひゃあと叫んで、少し踊る。

私の願いもかないたい。

十二月某日　晴

忘年会。

銀座線稲荷町《いなりちょう》のお店で待ち合わせ。

稲荷町に着いて、地図を頼りに歩きはじめる。区画の整った町だ。道は直行し、信号は規則正しくあらわれる。これならば迷うこともあるまいと思いながら歩く。自動車修理店。包装材料の問屋。小さな印刷屋。道を曲がるたびにあかりの灯《とも》ったそれらの建物が見えて、なんとなしにほっと息をつく。

十分ほど歩くが、目当ての店はない。次第に不安が増してくる。さらに五分ほどさまよったところに町内地図があったので、眺める。どうやら正反対の側に来てしまったらしい。

待ち合わせている友だちに携帯電話をかける。「ごめーん、違う方向に来ちゃったよー」と嘆くと、友だちは涼しい声で、「あたしなんかねえ、まず駅を間違えちゃったよ。隣の田原町《たわらまち》で降りちゃってー。今なんて、どこかわからないところをさまよってるのー」と答えた。

負けた、と電話のこちら側で笑うと、友だちも笑った。それから、どうしたらいいんでしょねと言い合い、二人同時にそっと携帯電話を切った。

十二月某日　晴

バスに乗って神社に行く。暮れの神社はすいている。みんな初詣にそなえて満を持しているのかもしれない。

絵馬を眺める。

「夫の願いがみなかないますように」などと書いてある絵馬がある。従順な妻だなあ、と感心して読んでゆくと、突然同じ絵馬の最後の方で字が三倍くらいの大きさになり、「私の願いもかないたい　妻××子」と筆圧高く書いてあって驚く。

「○○さんが早くハワイアン・ブルー・ダイアモンドになれますように」という絵

馬には、いちばん見入った。ハワイアン・ブルー・ダイアモンド。いったいこれは何でしょうか。

十二月某日　晴

吉祥寺のやきとり屋「いせや」の前を自転車で通る。暮れの空気の中、タレのいい匂いがただよってくる。明日はクリスマスだ。立ち飲みの人たちが寒そうに焼き台を囲んでいる。走りながら眺めると、普通のやきとりの串に混じって、鶏をまるごと一羽焼いている串が何本かある。さすがクリスマスイブだ。

十二月某日　晴

やきとり屋「いせや」の前を自転車で通る。明日は大晦日《おおみそか》だ。立ち飲みの人たちが寒そうに焼き台を囲んでいる。走りながら眺めると、普通のやきとりの串に混じって、鯛《たい》の尾頭つきを焼いている串が何本もある。さすが師走だ。

十二月某日　晴

きれいな夕日。今年最後の日。年賀状を少し書いて、おせちを少し作って、紅白歌合戦を少し見て、おやすみなさい今年、と言いながら、眠りにつく。

「あら、よくってよ」。

一月某日　晴

お正月気分が抜けない。だらだらと本を読む。「あら、よくってよ」という言葉は明治二十四年に女学生の間でおおはやりした言葉である、ということが本に書いてあって、ちょっとびっくりする。百年以上前にはやった言葉だったのか。

突然「あら、よくってよ」という言葉を使ってみたくなって、友だちに電話する。

「ねえ、わたしにね、何かお願いしてみて」とねだる。

「うーん、じゃあねえ、あたしに今すぐ一億円くださいな」

「あら。よくってよ」

電話の向こうで、友だちはしばらくしーんとしていた。わたしもしーんとしていた。

「それで、それが、どうしたって？」やがて友だちは、だるそうに言った。

「だ、だから、明治が、じょ、女学生が」

口ごもっているわたしに向かって、お正月だからね。いろいろ考えるのもいいけどね。仕事はちゃんとやってるの？　何か困ってることがあるんなら、相談だけだったら乗るし。友だちはやつぎばやにそんなことを言い、早々に電話を切ってしまった。

一月某日　曇

こどもの小学校のどんど焼きに行く。今年は「どんど焼き分別係」になったからである。どんど焼きにくべる正月のお飾り、かきぞめ、去年の破魔矢などを受け取り、燃えるゴミと燃えないゴミの部分に解体する係である。

立派なだるまのついているタイプのお飾りがある。そのだるまのどこの部分が燃えるのか、どこの部分が燃えないのかがどうしてもわからなくて、係のひとたちと首をかしげあう。

最後まで迷って、結局手をつけられなかっただるまが七体、机の上に残る。


「あら、よくってよ」。

一月某日　雨

重いふつかよい。

朝も昼も何も食べられない。

薄紙をはがすようにふつかよいははがれてゆくのだが、なにしろひさしぶりの重いやつなので、どこまでうまくはがれたかが、自分でもよくわからない。

午後遅く、そろそろと起き出して買い物に行く。まずは体を慣らすために本屋に入る。本の表紙だけをぱらぱらと眺める。字をきちんと読むとまた酔ってしまうかもしれないからである。次に花屋に行く。ものの匂いをかぐ訓練をするためである。最後に市場に行って、少しの野菜と魚を買う。食べものに手をふれても取りみださないでいられるかどうかを確かめるためである。

すべての儀式を終え、ようやくふつかよいがおおかたは体からはがれたことを確

認しおえる。そそくさと家に帰って、ふたたびこんこんと眠る。この眠りの間に、ふつかよいの最後の薄膜が、完全にはがれるはずである。

完全にふつかよいがはがれたあかつきには、むろん、またこころおきなく酒を飲むのである。

寝ても覚めてもめかぶ、の日々。

二月某日　晴

世田谷区で仕事。

いい天気なので、終わってから散歩がてら一駅ぶん歩く。旧街道に車がびっしりと連なっていて、ぜんぜん動かない。動かない車の運転席で、世の中の人たちは何をしているかと思い、こっそり覗《のぞ》いてみる。

おおかたの人たちはぼんやり前を見ていたが、一人、かぎ針編みをしている中年男性と、もう一人、巻きずしを丸ごと端からむしゃむしゃ食べている中年女性がいた。巻きずしの中身は、玉子焼きとかんぴょうだった。

二月某日　曇

一日ずっと家で仕事。

仕事を長くしつづけていると時々そうなるのだが、とてつもなく、めかぶを調理したくなる。それも、すでにきれいに切ってあって容器に入れて売っているめかぶではなくて、まだざくりと大きく切りわけただけのままの、めかぶ。

お湯をかけて色をあざやかに変え、包丁でこまかく刻む。そこに醤油《しょうゆ》とおかかをかける。

でも、加工していないめかぶは、なかなか東京のスーパーでは売っていない。

一時間に三回くらい「めかぶ……」とつぶやきながら、仕事をする。

二月某日　曇

ようやく仕事が終わる。結局めかぶは手に入らなかった。いったいめかぶを料理することの何がそんなにいいのか、考える。

1　熱湯をかけるとさあっと色が変わること

2　包丁を入れるとぬるぬるがたくさん出てくること
3　皿に切っためかぶを移したあと、まな板にたくさんぬるぬるが残ること
4　食べた後の皿を洗う時ぬるぬるが残って洗いにくそうに思えるのに、実は少し水に漬けておくだけで、うそのようにかんたんにぬるぬるが落ちること

ポイントは「色がわり」と「ぬるぬる」だなと思いながら、一時間くらいじっくり考えつづける。

二月某日　晴

あいかわらずめかぶのことを考えつづける。ぬるぬるがポイントならば、オクラや納豆はどうなのか。色がわりが好きならば、海老や蟹《かに》を茹でる時はどうなのか。海藻特有の、歯にキシキシ来る感じは関係ないのか。

考えれば考えるほど、わからなくなってくる。

二月某日　曇

一日じゅうずっと仕事。めかぶについて解決がつかないまま次の仕事に入ってしまったので、不安。

すぐに「めかぶ……」とつぶやきそうになるが、一回つぶやいてしまうと、めかぶのことばかり考えて原稿がまるで進まなくなるのは目に見えているので、絶対につぶやかないよう自分に言い聞かせながら仕事をする。

苦しくて、鼻がつまってくるような心地。

鼻が少し長くなった夜。

三月某日　曇のち雨

肌寒い日。

「ともかく、おめでとう　飲み会」に行く。

「ともかく、おめでとう　飲み会」とは、たとえば「結果はどうにもこころもとないが、期末試験が終わったので、おめでとう」だの、「主人公のあの男の子がいまひとつ虫の好かないタイプになっちゃったけれど、いちおうあの恋愛短篇小説を書き上げたので、おめでとう」だの、「恋人に好きな女の子ができたらしくて連絡がとだえたけれど、今朝、道で二千円札を拾ったので、おめでとう」といった類のタネを肴《さかな》にしておこなわれる飲み会のことである。

今日の飲み会の主題は、「長年一緒に暮らしていた女の子が部屋を出ていってしまって、おまけに痔《じ》の調子がよくなくて、携帯電話も落として壊してしまったけれど、宝くじで十万円当たっていることが昨日わかった」というものである。

「ともかく、おめでとう」と言いながら乾杯していると、カウンター越しに店の主人が、「何かいいことがあったんですか。そりゃあおめでとうございます」と声をかけてくるので、はあ、まあ、などとへどもどしながら、飲み会の主である男の子と顔をみあわせる。男の子の鼻がなんだか長い。自分の鼻をさわってみると、これもいつもより少し長くなっているような気がする。

　夜遅くまで、ときどき悪酔いしながら、しんみりと飲む。

三月某日　晴

　桜が咲きはじめたので、川沿いの道を散歩する。この川沿いにはたくさん木が植えられている。今年はじめにまず白梅が咲き、しばらくして紅梅が咲いた。辛夷《こぶし》が開きはじめるころには、黄色い、名を知らぬもくもくした感じの木の花も咲く。枝の垂れたあたりを歩くと、いい匂いが降ってくる。

　咲いたばかりの桜は、色が薄くて固い感じで、幹もまっすぐぴんとしている。しばらく見上げてみる。それから、大きく手をふって、朝礼で行進する時のように、歩きはじめる。

三月某日　晴

桜が満開。暖かい。

また川沿いの道を散歩する。花の色が濃くなっている。幹ぜんたいが、咲きはじめのころよりも柔らかくしなる感じになっているように思える。

風が吹くと、はなびらが一二片、散る。落ちているはなびらを拾って、ポケットにしまう。はなびらは冷たい。

三月某日　雨

寒さが戻って、桜は満開のまま咲きつづけている。雨で散るかと思ったが、花は残っている。

傘をさして、川沿いのいちばん大きな桜の下に行ってみる。はなびらがひっきりなしに散りかかってくる。

十五分ほどじっと桜を見てから、家に帰る。玄関で傘をつぼめたら、傘のおもてにはなびらがはりついていて、黒い傘が全面桃色になっていた。

おかっぱ頭の二人。

四月某日　晴

誕生日。

プレゼントをふたつ、もらう。

一つはこどもからで、白玉。知らない間に、白玉づくりを習得していたのだ。つくりたてのに醬油をたらして、差し出してくれた。

「白玉って、甘い味で食べることが多くなかったっけ」と遠慮しいしい言うと、こどもは胸を張りながら、「みたらし団子みたいで、これもいいもんだよ」と決めつける。みたらし団子にしてはちょっと水っぽいような気もしたが、おとなしく食べる。

もう一つは友だち三人から。いつか「五十過ぎたらピンクの服を着たい」と言っていたことを覚えてくれていたらしい。ピンクのTシャツが二枚。まだ五十は過ぎてないんだが、と一瞬いぶかしむが、ピンクがうれしくてすぐに忘れる。夜中、鏡の前で着て、じいっと見入る。ピンクだあ、と、つぶやく。三回くらい、繰り返しつぶやく。

四月某日　曇

美容院に行く。ひさしぶりである。前にいつ来たかお店のひとに聞いてみたら、ちょうど一年前の今日だった。

二十センチくらい、刈ってもらう。

終わって店を出ると、店のひとが扉のところに立ち、「次はまた、一年後の春ですね」と言いながら、手を振ってくれる。

四月某日　晴

電車に乗る。暖かな日。暑いくらいだ。

おかっぱの女の子が二人、乗りこんでくる。顔も服装もそっくりの二人である。

ふともも丈のミニスカート、グレーのセーター、黒いハイソックスにトートバッグ。どれもそっくり同じものだ。

よく見ると、片方の女の子の方がいくらか年上である。皺《しわ》が、口の端や目のあたりに、少しある。しばらく二人でくっつきあってぺちゃくちゃお喋りをしていたが、やがて若い方の子が、「ママー、あたし、おなかすいちゃったなー」と言ったので、仰天する。

四月某日　晴

近くの定食屋に行く。

朝六時から夜八時半までやっている定食屋である。夫婦二人で、とにかく、いちにちじゅう立ち働いている。朝六時からやっているというのが、まず泣かせる。居心地もいい。だいいちおいしい。前に住んでいたところの「丸幸」以来のヒットの店なのである。

ものすごく迷ったすえ、野菜いためを定食で頼む。あと、イカの塩辛と鯖焼《さば》きも。ごはんは大盛り。

頼んだとたんに、塩辛ではなくタラコにすればよかったかなあ、野菜いためと鯖じゃなくて、レバニラ炒めとエビ入りカツにすればよかったかなあと、後悔する。隣の卓でまぐろ山かけ定食を食べている老夫婦の手元などをじろじろ見てしまう。次に来た時はまぐろ山かけにしようか、でもやっぱりエビ入りカツか、と、果てしなく悔やみつづける。いじいじと悔やむわたしなどメともせず、店のおばさんはくるくると立ち働いている。

雨の日の電話。

五月某日　晴

タクシーに乗る。一緒に仕事をしてきたひとと相乗りである。

世間話をしているうちに、高い建物の話になる。東京タワー、あれって、あんがいのぼらないんですよね、いつでものぼれるやと思ってて、などと喋っているうちに、浅草の仁丹塔へと話題はうつっていった。

「仁丹塔って、いつなくなったんでしたっけ」

「仁丹て、そういえばうまいですよねえ」

「梅仁丹が好きです、わたしは」

しばらく仁丹のあれこれについて喋っていると、運転手さんがたまりかねたように、「わ、私、昔仁丹中毒だったんです」と言いだす。

驚いて、え、と二人で聞き返すと、「ともかく中毒で、空の五百ミリリットルボトルに仁丹をぎっしりつめておいて、こう、ざあっと、流し込むようにして、食べるわけです」と続ける。

ざあっと。小さく、連れとわたしが繰り返すと、運転手さんは正面を向いたまま大きく頷《うなず》いた。

五月某日　晴

あまりよく知らない町を歩く。日差しが強くて、暑い日。

魚屋さんが一軒あるので、のぞきこむ。表のガラス戸に「うまい塩辛あります」と書いてある。あの、塩辛、ください、と言いながら土間に踏み込むと、店のひとは前置きもなしに、「お客さん、にんにく、大丈夫？」と聞く。はあ、と曖昧に頷くと、「いや、塩辛買ってくれた人にはね、これ、食べてもらうことになってて」と、紙皿に盛ったカツオのたたきを差し出す。にんにくと茗荷《みようが》と生姜《しようが》が、たっぷりかかっている。

お、おいしいです、と、圧倒されながら言う。「塩辛はさ、もっとおいしいから。

ほんとにさ、おいしいから」と言う店のひとの指さした奥の壁には、各地のファンからの、塩辛がいかにおいしかったかという「おたより」の葉書が、びっしり貼ってあった。

五月某日　雨

雨が降っているので、友だちに電話をかける。でも、いない。ちがう友だちにもかけてみる。でも、いない。計五人の友だちにかけてみたが、結局誰もいない。さみしくてしばらくぼんやりしてから、思いついて117番にかけてみる。午後三時二十五分三十秒から二十六分三十秒までの、七回ぶんの時報を聞いてから、そうっと受話器を戻す。

五月某日　晴

タクシーに乗ってやってきた友だちとの会話。

「時間がないから、すごく近かったけど、乗ったの。悪いわね、って運転手さんに言ったら、なんて答えたと思う？」

さあ。

「それがね。いいよー、お客さん。この車に乗ってる間は、女はみんな俺の女なんだからさあ。だって」

それって、その、嬉《うれ》しかった？

「うん。なんかね。ちょっと、よかった。ほんと。あたし、ちょっとぽーっとしちゃったよ。正直言うと。うん」

少し、エッチな気分。

六月某日　雨

　このところ、たくさん夢を見る。だいたいの夢は起きたとたんに忘れるが、今朝は一つ覚えていた。立派なもみあげが生えてくる夢である。もみあげは、先っぽがぴょんとはね、ものすごくふさふさしていた。何回かさわってみた。さわっているうちに、少し、エッチな気分になった。それで、女の子でもナンパしに行こうかと思いついたところで、目がさめた。

六月某日　晴

　高校の頃の同級生から手紙がくる。

「ひさしぶりに本屋に行ったら、あなたの本を売っていました。ほんとうに売っているとは思っていなかったので、びっくりしてすぐにレジに持っていきました。レジの横でこんなものも売っていたので、同封します」

そう書いた便箋と共に、飴《あめ》色の小さな「銭亀」が同封されていた。

「おさいふに入れておくとお金がたまるそうです」と追伸もあった。さっそくおさいふに入れてみた。おさいふの口をしめて、揺らしてみると、かさかさと音がした。銭亀に、一円玉や五円玉が、当たる音である。同級生の、おさげに結んでいた髪を思い浮かべながら、しばらく揺らしていた。

六月某日　雨

前の日がものすごく暑い日だったので、今日も暑いのかと思って、半ズボンにゴム草履で買い物に行く。しばらく歩いているうちに、ものすごく寒くなってくる。道ゆく人たちを見ると、みんな長袖を着てしっかりした靴をはいている。中には上着まで着ている人もいる。銀行の前にある電光掲示板に表示される「今日の気温」を見ると、昨日よりも十度も低い。

着替えに戻ろうかとも思ったが、それもいまいましい。わたしはちっとも寒くありません、という表情ですたすた歩く。半袖かサンダルの人がいないかと探すが、一人もいない。世界に見捨てられたような気分。そのまま東急ストアの階段を、とぼとぼ下りてゆく。野菜売り場のかすかな冷気が、ゆっくりと足もとにまとわりついてくる。

六月某日　曇

締切りがきているのに、原稿が書けていない。月に二回出席することになっている会合を、今日は欠席することにする。

会合は夜開かれるので、いつもお弁当が出る。原稿を書いている間も、今日のお弁当のことが気になってしょうがない。まさか「今日は何弁当ですか」と電話をするわけにもゆかず、悶々《もんもん》として過ごす。

真夜中、会合に出席した友だちからファックスがくる。お弁当の図解である。四つに区切られた弁当箱のどの区画に、海老フライや肉やご飯が入っているか、矢印

と絵で説明してある。海老フライは、大きいのが二尾、並んで描かれていた。
じいっと見入る。それから友だちの家の方角に向かって、三回、頭を下げる。

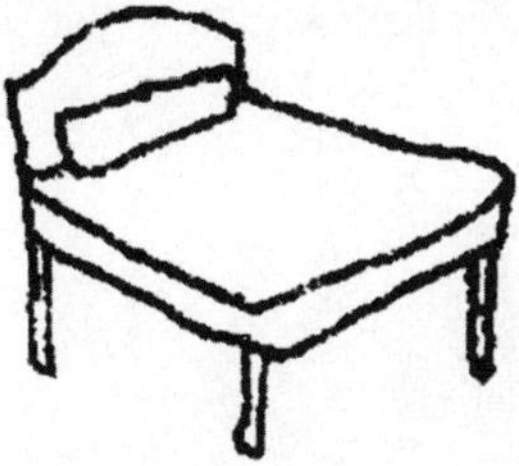

「暑い」をためる。

七月某日　晴

暑い。じっと座っているだけで、汗がどんどん流れてくる。

この夏になって、何回「暑い」という言葉を使っただろう。一時間に平均三回として、一日に五十四回、六月半ばから一カ月の間に一六二〇回。これから暑さの少しおさまる九月半ばまでの二カ月間に三二四〇回。

すると、夏じゅうあわせて四八六〇回は「暑い」と言う予定であることになる。

約五千回の「暑い」を言うぶんのエネルギー、これを何かに利用できないものだろうか。発電とか。そこまでいかなくとも、ちょっとした放電とか。そうだ。「暑い」エネルギーをためておくためには、鉛の容器がいいかもしれない。実際に使用する時にはエナメル線がいるな。豆電球とスイッチも買ってこなきゃ。一時間に三回だけじゃなく、十回も二十回も言ってみたら、どうだろう。でも無理に言うと、薄まるな。しぼり出されるような「暑い」じゃないと、いいエネルギーにはならない。

どんどん考えて、うっとりする。その間も汗はだらだらと流れている。蟬《せみ》はみんみん鳴いている。

七月某日　晴

銀座でサイン会。

いつも思うのだが、サイン会の礼儀というものは、確立されているのだろうか。挨拶は前に立ってくださった方に向かって、どの角度で頭を下げればいいのか。挨拶は「こんにちは」なのか「ありがとう」なのか。何も言わずにむっつりしているのがいいのか。去り際のひとと次のひとが同時に目の前にいる時には、どこに視線を向けていればいいのか。

こういう、「めったに行われないがゆえにそのことに関しての礼儀作法は曖昧模《も》糊《こ》としている」ことって、けっこう多いのではあるまいか。初めての北海道旅行で、めったに会わないマンションの上の階のひととバスでたまたま隣りあわせてしまった時にする挨拶とか。友だちのフェレットが自分の飼っているフェレットに横恋慕したけれど、どうにも気にそまない時の距離のとりかたとか。拾った財布を開いてみたら中にものすごくエッチな写真がはさまっていて、しかもそれが同僚のものだとわかった時どんな態度で返すべきかとか。

サイン会は、無事に終わる。来場の方々がくちぐちに「こんにちは」「はじめまして」と明るく話しかけてくださったので、サイン会の礼儀にかんしては、即座に解決したのであった（来場者にゆだねればよし）。ありがたや。

でも、フェレットにかんしてはやっぱり疑問が残る。財布に関しても。

七月某日

にがうりを食べる。苦い。でもおいしい。

七月某日

にがうりを食べる。苦い。でもおいしい。

七月某日

にがうりを食べる。苦い。でもおいしい。ああ。夏はいつまで続くのだろう。

おじいさんの顔。

八月某日　晴

健康診断に行く。

採血の様子をじっと眺める。針がつうっと皮膚の中にもぐりこみ、透き通ったひとさしゆびくらいの太さの管の中を、ゆっくりと血がのぼってくる。その様子が、面白い。

知らない液体を注入される予防注射なんかよりも、自分の血液がきっぱりとあらわれいでる採血の方が、わたしはよほど好きである。この理屈を敷《ふ》衍《えん》してゆくと、わたしは、射精をされるよりもドラキュラの類に血を吸われる方が好きなタイプなのである、ということになるかもしれない。

などとうつらうつら考えつつ、バリウムを飲んだり聴力検査室に入ったり出たり、する。どうして病院の廊下を歩くスリッパの音は遠い音に聞こえるんだろうと思い

ながら、超音波診断を受けたり、する。

八月某日　晴

友だちの車に乗せてもらう。

追い越していったトラックのドアに、七福神の絵が貼ってある。

つぎつぎにトラックに追い越される。三台に一台くらいの割合で、七福神が貼ってある。今のはやりなのかとも思うが、どの七福神の絵も日に焼けてかなり褪色《たいしょく》している。それならば、過去に一大七福神ブームがあったのか？　七福神でなく富士やナスビの絵ではだめなのか？　同じ七福神でも宝船に乗っているものとただ地面に佇《たたず》んでいるものがあるが、その違いは何なのか？

友だちにいちいち質問しては、そのたびに運転の邪魔だと怒られる。

八月某日　晴

少し前の夜中に盗まれた自転車が、道ばたに捨ててあったという連絡がくる。保管してくれている成城の警察署まで取りに行く。

日曜日で、ロビーは閑散としている。受付で用件を言うと、内線電話で連絡をしてくれた。そのまま待っていると、エレベーターから直接、自転車をひいた係の警察のひとが出てきた。タイヤの空気が甘いからいれてあげましょうと言いながら、警察のひとは受付の奥から空気いれを持ってきて、リノリウムのロビーのまんまんなかで、自転車のタイヤに空気をいれてくれた。

お礼を言い、乗って帰る。見知らぬ道を漕いで、帰る。夕方で、生産緑地の上を、こうもりが何羽もぴらぴらと飛んでいた。いくらたっても家に着かないような気がしたが、一時間以上も漕いだころ、ようやく着いた。

盗んだひとも、真夜中、同じ道を漕いでせっせと走ったのかと思いながら、ていねいに自転車の鍵をかけた。

八月某日　晴

対談の仕事に行く。ホテルの会議室で、二時間ほど話す。お茶を運んでくれたおじいさんのホテルマンの顔に見覚えがある。でもそれがいつ見た顔だったのか、どうしても思い出せない。対談の間じゅう、ひそかに悩む。終わって電車に乗って帰る途中で、昨日魚類図鑑で見たばかりのシロアマダイにおじいさんがそっくりであることに気がつき、安堵《あんど》する。

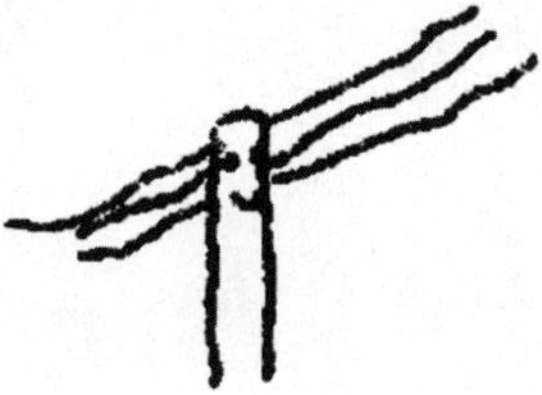

そんな男、好みじゃない。

九月某日　晴

友だち三人で食事をする。

「今日のおすすめ」の中に「マンボウの腸」があったので、たのんでみる。マンボウはときどき海面にうかんできて、ぱたんぱたんと体を海面の上でひるがえすんだよ、と友だちが教えてくれる。ぱたん、と、もう一人の友だちがつぶやいたので、わたしも真似《まね》して、ぱたん、と言ってみた。

三人でしばらくじっとしてから、皿の上のマンボウにフォークをのばした。火を通したイカに似た食感の、無味無臭のものだった。

九月某日　にわか雨

友だち四人で食事をする。

先日とはまた違う友だちである。

「ナンコツ」の塩焼きをたのんでみる。

そもそも「ナンコツ」にはいく種かの形がある。筏形《いかだ》のものとゲンコツ形のものとなんだかよくわからない形のものである。鶏だか豚だか牛だか、動物の種類によってさまざまな形をとるのである。と、友だちが教えてくれる。

筏とゲンコツは知ってるけど、その、なんだかよくわからない形のものって、なにさ。もう一人の友だちが聞くので、わたしも真似して、なにさ、と言ってみる。

出てきたナンコツは筏形のものだった。

九月某日　雨

友だち四人と食事をする。

先日とはまた違う友だちである。

何種類かのチーズと塩漬けのオリーブが出てくる。それに、ワイン。

オリーブといえば、ポパイのガールフレンドのオリーブ・オイルの洋服箪笥《だんす》を開けると、いつもオリーブ・オイルが着ているのと寸分たがわぬ服が、ずらりと二十着以上ぶらさがっているんだよ、と、友だちに教えてあげる。

そういえばあたし、実はプルートーみたいな乱暴で押しつけがましい男が好みなんだけど、今の世の中、ああいう男っていないのよねえ、と友だちが言う。するともう一人の友だちも、ほんとにそうよねえ、とうっとり追随する。

ほんとにそうよねえ、とわたしも一瞬真似しかけるが、ぜんぜんそんな男、好みじゃないことに気づいて、あわてて口を閉じる。閉じながらも、友だちに相槌《あいづち》を打ちたくてしょうがない。どうしてこんなに主体性がないのかと情けなくなりながら、必死に口を抑える。

九月某日

友だち十人と食事に行く。

先日とはまた違う友だちである。

三尾半づけのうなぎの蒲焼《かばやき》が出てくる。十一人でいっせいにひゃあと叫ぶ。いく

ら食べても食べきれない。けれど心配はいらない。「食べきれないぶんはおみやげにする決まりとなっております」と店の人に教わったからである。

帰ってから、おみやげのうなぎでうなぎ茶漬けをほんの少しつくってみる。熱いお茶を注いでうなぎを蒸らしながら、今月はいやにたくさんの友だちに会った月だったな、と思う。わたしの方は全員を友だちだと思っているけど、友だちの方はわたしを友だちと思っているのかな、と、ちらりと考える。こわくなって、あわててうなぎ茶漬けをかきこむ。息がうなぎくさいよ、と思いながら、目をつぶって茶漬けをかきこむ。

だから嫌いなんだ。

十月某日　晴

短篇小説の原稿を書く。徳島県で農業に従事している男性が登場する話である。徳島で農業ならば、何をつくっているのが妥当かな、と考える。わからない。徳島の農業事情にはぜんぜんあかるくないのだ。『楽しい小学校社会科地図帳　改訂版』（中国地方と四国の県をどうしても正確に覚えられないわたしに同情して、こどもがお古をくれた）を取り出して、徳島県のところをじっと見る。「みかん」の絵が二つ。「うみがめ産卵」が一つ。「たけのこ」「れんこん」「はまち」「木材」の絵も一つずつ。どれも、特産である。

男性はみかん農園主であることに決める。そのまま隣の愛媛県をじっと眺めると、はまちや木材に混じって、「ビデオ」の絵があった。そうか、ビデオは愛媛の特産物だったのか。なんとなく、感動する。

十月某日　曇のち雨

雑誌の星占いを読む。「心身を冷やすと運は低調に」とある。心身？

映画を見に行こうと思って、よそゆきのズボンとよそゆきのシャツとよそゆきの上着を身につける。外階段をおりてゆき、道へ踏み出したとたんに、突然雨が降ってくる。

三秒ほど雨の中で突っ立つ。見る間にびしょぬれになる。とぼとぼと部屋に帰り、よそゆきのズボンと上着とシャツを脱ぎ、よそゆきではないいつもの下着も脱ぎ、タオルで体を拭く。だんだんに腹がたってきて、毒づく。何に対して毒づけばいいのか判然としないままなので勢いはないのだが、とにかく毒づく。

もしかすると今日は心身が冷えたのかも、と気づいたのは夜遅くである。はてさて、低調は襲来するのか？

十月某日　晴

この前突然の雨で行けなかった映画に、今日こそ行こうと思い、支度する。よそゆきのものを着たのがいけなかったのかもと思い、いつものものを着て部屋を出る。

駅に着いてエスカレーターに乗ると、横にある鏡に自分が映っている。あんまりぼろぼろしているので、突然恥ずかしくなる。

エスカレーターでてっぺんに着いたところでそのまま裏にまわり、下りエスカレーターに乗る。近いうちに、よそゆきとふだんの中間くらいの服を買おうと強く決意しながら、家路を辿《たど》る。

十月某日　晴

よそゆきとふだんの中間の服を買いにデパートに行く。着ているのは、むろんよそゆきの服だ。デパートはだんぜん「よそゆき」の場所である。

なかなか中間の服がみつからない。何をお探しですか、と親切そうな店員さんに尋ねられる。気軽な服を、ちょっと。びくびく答えると（店員さんと話すのは不得意なのだ）、今着てらっしゃるような感じのものですね、と店員さんはにこやかに言った。せいいっぱいのよそゆきなのに。だから嫌いなんだ、店員さんと話すのは、と内心で叫びながら、すり足でその場を離れる。

結局服も買わず、映画にもまだ行っていない。なにもかも、心身の冷えのせいである。

おばあさんと、おうむ。

十一月某日　晴

鶏の手羽先と蓮根《れんこん》を煮たものをつくる。少し冷めると煮汁が煮凝《にこご》りになる。鶏系の煮凝りがわたしは好きなのだ。たしか煮凝りの中には、体にいい成分も入っていて、名前がついていたはずだ。「コ」で始まる名だ。

コレステロール？　ちがうな。

コリアンダー？　ちがうよ。

コンドロイチン？　近いけど、ちがう。

コルゲンコーワ？　ぜんぜんちがう。

思い出せないまま、煮凝りをにらみつける。ふるふると、煮凝りはふるえるばかりだ。

十一月某日　雨

洗濯機に洗剤を入れながら、突然煮凝りの成分の名を思い出す。コラーゲン。これだ。

忘れるといけないので、紙に太マジックで大きく「コラーゲン」と書いて、マグネットで冷蔵庫にとめる。

午後、届けものをしに編集の女のひとが来てくれる。冷蔵庫の紙を見て、「なんでしょうこれは」とこわごわ聞く。コラーゲンよ、と答えると、編集のひとはしばらく黙っていたが、最後に小さな声で「はい」と言った。

それ以上編集のひとは何も聞かなかった。帰るまで、一回も冷蔵庫の方を見ようとはしなかった。帰る時も冷蔵庫から不自然に目をそらし、床ばかりを見ながら玄関へとすべり出ていった。

十一月某日　曇

吉祥寺に買いものに行く。車道や歩道が広い。歩道ぞいには揃いの街路樹が植わり、いくつもベンチがしつらえてある。

ふと見ると、おばあさんが一人ベンチに座っている。大きくて古ぼけたショッピングカートを前に置き、まっすぐ前を向いている。さらに見ると、ベンチの背、おばあさんのすぐうしろに、おうむが止まっている。古ぼけた色の、大きなおうむである。ひもでつながれているわけでもなく、そのへんに飛んできてたまたま止まったような感じで、いる。十五分ほど観察していたが、おばあさんもおうむも微動だにしなかった。

し残した買いものを急いでして、十分後にふたたび戻ってくると、おばあさんもおうむも、姿を消していた。

十一月某日　曇

肉屋さんで買いものをする。スーパーマーケットでなく肉屋さんに行ったのは、かたまりの肉を買いたかったからだ。

一キロの牛バラ肉のかたまりありますか、と聞くと、肉屋のおじさんは、何に使うの、と聞き返す。煮るんです。煮て、どうするの。食べるんです。そりゃあよかった。で、煮たあとの汁はどうするの。野菜を入れてスープにして、翌日食べます。ああ、それならちょうどいい肉があるよ。

ものすごく詳しく聞く肉屋さんである。もしわたしの答えが一点でも違っていたらどうなったのだろうと思い、どきどきする。ぜんぜん違う牛バラ肉が出てきたのだろうか。それとも「そんな食べ方をする客に売る肉はないねっ」と啖呵《たんか》をきられちゃったりしたんだろうか。

嵐のような……。

十二月某日　曇

右目がかゆい。ごしごしと、まぶたの上からこする。

こすり終えてからしばらくして、突然右目の感じが妙になった。水の中で目を開けてものを見ているときのようなのだ。左目はどうということない。こすった右目だけが、水中仕様になっている。驚いて鏡を見ると、右の白目の上に透明のかたまりみたいなものがかかっている。ちょうど、葛桜の、餡《あん》をおおう葛のような。薄い薄い葛だけれど、たしかにもやもやとかかっている。

あわてて目医者さんに行き、診てもらう。

「かゆいでしょう」と目医者さんは言った。

「かゆいです」

「掻《か》いたでしょう」

「掻きました」

蚊にさされた時に掻くと、皮膚がぷっくりとふくれるでしょう。白目もそれと同じ、掻くとふくれるんですよ。目医者さんは涼しい顔で説明してくれる。

釈然としないままふくれた目（白目がふくれたので、上下のまぶたもふくれてお岩さんのようになっている）で夕食の買い物をして帰る。道行く人が気味悪そうにちらちらとわたしを見る。白目がふくれてるんだよ、文句あるかよ、と内心でつぶやきながら、わたしもちらちらちらと見返す。

十二月某日　晴

白目の腫れがようやくひく。安心したので何人かの友だちに、「白目がふくれちゃってねえ、もうたいへん」と電話する。

どの友だちも「へえ」と言うが、それ以上感心する様子はない。どの友だちも（どうせこの人の言うことだからどうせ大げさでどうせ……）と頭から決めてかかっている様子がはっきりと感じとれる。

十二月某日　雨

赤坂に、劇団☆新感線のお芝居を見にいく。古田新太はどんなへんな姿勢をとったときもあいかわらずいろっぽいなあ。と思いながら、休憩時間にお手洗いに行くが、混んでいて入れない。後半、ちょっとおしっこしたいのを我慢しながら、お芝居に感激してさめざめと泣く。終わってから再びお手洗いに行こうと思っていたのだが、さめざめと泣くのに気をとられて、そのまま外に出る。

赤坂の飲み屋を知らないので下北沢までまっすぐに地下鉄で行くことにする。だんだん尿意は高まってくる。下北沢に着いて目当ての店を探す。見つからない。方向音痴の気味があるのだ。尿意はいや増す。行ったり来たりしてようやく店を見つけ、入る。尿意は少し引いている。

ゆっくりとお酒の種類を決め、たべものを頼み、おしぼりで手をふく。尿意はすっかり消えた。ざまあみろ尿意め、と傲慢な気分になったところに、嵐のような尿

意が突然どしんとやってくる。ひゃあと言いながらお手洗いに走る。誰かが入っている。青くなって扉の前でつまさきだつ。尿意さまごめんなさいと謝りながら、ふよふよと、つまさきだつ。

十二月某日　曇

寒い。大声で「寒いよ寒いよ寒いのよ〜」とでたらめな節を歌いながら玄関の扉を開けると、隣の人が扉にお飾りをつけているところだった。「のよ〜」の「よ〜」をいそいで喉の奥に飲みこむ。でも間に合わなかった。隣の人が「あっ」というふうに口を開けている。見ないふりをして、脱兎《だっと》の如《ごと》く階段を駆け降りる。

トイレの鍵。

一月某日　晴

新年の初外出。

電車がすいている。座席の足元の暖房がよく効いているので、すぐにうとうとしそうになるが、車掌がものすごく口うるさいので、そのたびにいちいち目覚めてしまう。

曰《いわ》く、電車に飛び乗らないでください、電車に飛び乗るときは荷物を体に引きつけておいてからにしてください、電車に飛び乗る人が多いと発車できません、電車の中に危険物を持ち込まないでください、電車が発車してからは走りまわらないでください、電車が揺れるときには手すりや吊《つ》り革《かわ》におつかまりください、電車がもうすぐ駅に近づきますからお忘れもののないようにしてください、電車のドアが開くのにご注意ください……。

年頭の初出勤に、ものすごく興奮している車掌なのかもしれない、と思う。

一月某日　晴

隣町を歩いていると、入ったことのない本屋がある。

小さな本屋である。棚がいくつかあるが、どの棚にも隙間が多い。本の数が少ないし、置いてある本も、発行年月日が少し古めのものばかりだ。表紙や帯が日に焼けたようになっているものも多い。

雑誌のコーナーにいってみる。

「現代農業」「呪術の本」「東京の夜アジアの夜・ディープに遊ぶ」「俳句研究」「ＢＲＩＯ」の五種類が、同じ棚にぱらぱらと並べられている。

「ＢＲＩＯ」だけは判が大きいので棚に入りきらず、縦ではなく横に立っている。

一月某日　曇

代々木のビルの中にある珈琲《コーヒー》屋に入る。

しばらくしてからお手洗いに行きたくなったので、お店のおばあさんに場所を聞くと、何も言わずにレジをチンと鳴らす。

何ごとかと見ていると、おばあさんは開けたレジの引き出しの中から鍵をとりだした。

鍵にくっついている赤いプラスティックの板には、黒マジックで「トイレ」と書いてある。

はいこれ、とおばあさんは私のてのひらに鍵をのせた。

それから無言で、ビルの奥の方、廊下の先の暗いあたりを、指さした。

一月某日　雨

雨なので、さみしくて寒い。

ふとんの中で、初夏になるといつも咲く街路樹の花のことを考える。

街路樹といっても、背の高い木ではない。歩道のところどころにある柵にからまるようにして生えている、丈の低い樹木のことだ。咲く花は、まっ白で、小さくて、すずなりで、とてもいい匂いがする。

あの花はなんていう花なんだろうと、思いめぐらす。植物図鑑も見てみるが、載っていない。

思いついて、市の土木課に電話をしてみる。○○通りの信号と信号の間の、あの背の低い街路の木の名前を教えてくださいますか。ああ、あの蔓《つる》性の植物ですね。あれは「カロライナ・ジャスミン」です。

車のタイヤが水をはじく音が外から聞こえてくる。目をつぶったまま、何回か言ってみる。カロライナ・ジャスミン。カロライナ・ジャスミン。八回めあたりで、まぶたの裏に初夏の光がぼうっと射《さ》してくるような心地になる。

みどりっぽい気分。

二月某日　雨

突然、自分が無趣味であることに気づく。何人かの友だちを思い浮かべてみる。どの友だちもみんなちゃんとした趣味をもっている。たとえば、歌舞伎とか。熱帯魚の飼育とか。日帰り温泉めぐりとか。競馬とか。文部省唱歌研究とか。ナンパとか。

どのひとも自分の職業以外の趣味をきちんと確立していて、それでこそ「大人」というものである。

こうなったらわたしもきちんと趣味をもとうと決心する。夜遅くまで、もつべき趣味についてあれこれ検討する。

二月某日　曇

趣味についての検討を続ける。

薙刀《なぎなた》か、クロスワードパズルか、レース編みか、煙草《たばこ》の空き箱収集、までは絞れたのだが、どうしてもそれ以上の絞りこみができない。二つ以上の趣味をもってもいいのだが、今まで無趣味でひきこもりがちの生活をしてきたことを考えると、いくつもの趣味をこなす自信がない。

悩みつくして、結局レース編みに決める。

二月某日　晴

レース編みをしなければ、という重圧に一日苦しむ。

レース編みをしたことは一回だけあって、それはたしか三十数年前のことである。現在のレース編み事情がどうなっているのか、糸や編み針はその頃と同じものでいいのか、図案や意匠はどう変化しているのか、だいいちレース編みという分野が今も存在しているのか。

何もわからない。インターネットで検索してみようかとも思ったが、持っているノートパソコンを半年以上前に足で踏みつけてしまって以来、画面にくろぐろした亀裂が入っていて、プロバイダに接続してもほとんど文字や写真が見えないのだ。

困り果てて、つっぷす。

二月某日　晴

こどもが仕事場に遊びにくる。

「ねえねえ、オクラごっこしようよ」とこどもが言う。オクラごっこって、なに？と聞き返すと、こどもは「オクラになった気持ちになってじっとしてること」と答える。

答えたとたんに、こどもは「オクラの気持ち」に没入したらしい、両手をつぼみの形にあわせ、目を閉じ、こきざみに体を揺らしはじめた。

ぼんやり眺めていると、こどもが目を開けて、「早く一緒にオクラになろう」と促す。しかたないので、真似をして掌《てのひら》をあわせる。でもぜんぜんオクラの気持ちになれない。

「オクラは難しいね」しばらくしてからつぶやくと、こどもはまた目を開け、「まずは、みどりっぽい気分になれば、いいんだよ」と教えてくれる。できるだけ「みどりっぽく」なろうとするが、やはりどうにも難しい。

三十分ほど、オクラごっこは続いた（らしかった）が、結局は最後までオクラになりきれなかった。

二月某日　雨

棚上げしているレース編みのことが気にかかって、落ちつかない。気を紛らわせるためにポテトチップスをむしゃむしゃ食べる。残っていたご飯にもゆかりをかけて全部食べてしまう。まだ気が紛れなくて、前にもらったまま置いておいた羊羹《ようかん》を食べる。

夜中体重をはかったら、一・五キロも増えていた。レース編みめ、と、逆恨みする。

届かぬ思い。

三月某日　晴

使っているワープロが少し壊れる。印字ができなくなってしまったのである。修理センターに電話をする。ワープロはもう製造中止になっているので、故障するたびに、ものすごくどきどきする。

「い、印刷が、うまく、で、できないんです」どもりながら訴える。

「では三日後に伺いましょう」

「も、もし修理用部品の在庫がそちらになくなっちゃったら、ど、どうなるんですか」

「まあ、仕方ないですねえ」

「し、仕方ないって、つまり、諦めなさいってことですか」

「そうなりますかねえ」

こちらは必死なのに、相手は猫を膝の上に置いて座っているような落ちつきぶりである。ワ、ワープロがないと、し、仕事できない体質なんです、と言ってみても、ぜんぜんとりあってくれない。署名運動なんかしても再製造はなりませんか？　いっぺんに十台買ってもいいっていう人を三人は紹介できますがだめですか？　こんこんと訴え続けるが、子供をあやすような口調でいなされるばかりである。

三月某日　曇

ワープロの修理の人がくる。十五分で修理は終わる。

ワープロ再製造の是非について聞こうとするが、にこにこ笑いながらも絶対に話に乗ってくれない。

修理の人の去った部屋でぼんやりする。「イタチは体を変幻自在にくねらせ、どんな小さな穴でもくぐり抜ける」という言葉を、唐突に思い出す。

三月某日　晴

銀行に水道料金と電話代を支払いに行く。

三時直前だったので、しばらくするとシャッターが下ろされた。用が終わった人から順に外へ出てゆき、シャッターで閉ざされた空間には次第に人影が少なくなる。最後の一人になるといやだなあと思いながら、窓口の番号札を握りしめる。

最後の二人のうちの一人になる。もう一人はリュックをしょった学生だ。ちらちらと見合う。二人同時に窓口に呼ばれる。ほぼ同時にあせってお金を差し出す。窓口のおねえさんは優雅な手つきでお金を数える。もっと乱暴でいいから早くしてください、と心の中でおねえさんに向かって叫ぶが、おねえさんは舞うような手つきをくずさない。隣を盗み見ると、学生も窓口に向かいながら貧乏ゆすりをしている。

おねえさんの清潔な指を凝視しながら、「早く、早く」と、呪詛《じゅそ》のように祈る。自分の呪詛と学生の呪詛が空中でぶつかりあって、わんわんと狭い空間じゅうにこだましているのが、痛いほどに感じられる。

三月某日　晴

あたたかな日。

朝、「桜が咲いてますよ、一分咲きですけど、咲いてますよ」という電話がかかってくる。

受話器を持ったまま窓を開け、百メートルほど先にある桜並木のあたりを眺めると、昨日まではひんやりと沈んでいた桜のまわりが、今日は薄赤くはなやいでいる。

「咲いてますね」と喜ぶと、相手も「咲いてますでしょう」と喜んだ。

数十秒ほど黙ってお互いの場所の桜を眺めあい、それからそっと電話を切る。

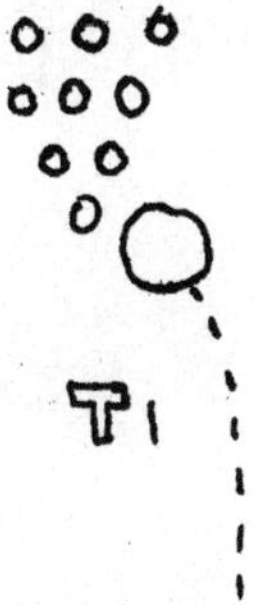

よそゆきのブラジャー。

四月某日　晴

誕生日。

せっかくの誕生日なので、誰かが来て、ごちそうをつくってくれたり、家じゅうの掃除をさっさかしてくれたり、肩たたき券を百枚くれたりしないか、と待っていたが、誰もそんなことはしてくれなかった。

しかたないので、鉛筆を十本、手まわしの鉛筆けずりで全部ぴんぴんにとがらせて、手もちぶさたを紛らわす。

四月某日　晴

風邪をひく。

六年ぶりくらいに、お医者さんに行く。

はりきって、よそゆきのブラジャーをしていく。迷ったすえ、パンツもよそゆきのにする。

お医者さんが聴診器を持ったので、ささっとトレーナーとその下のTシャツをまとめてめくり、みずからおなかを出す。

けれどお医者さんは聴診器を当てない。じっとしている。え、と思っていると、看護師さんが静かにわたしのTシャツを下げて、おなかも背中も、隠してしまった。

お医者さんは、Tシャツの上からしずしずと聴診器を使い、ぽんぽんと叩《たた》いてみ、はい、おしまいです、としめくくった。

釈然としないまま、診察室を出る。

四月某日　雨

まだ風邪がなおらない。

薬がなくなったので、またお医者さんに行く。こんどはふだんのブラジャーのままである。

診察室に入って、ただぶらんと両手を下げ、椅子に座ってぼんやりしていたら、看護婦さんが「服をめくってください」と言う。トレーナーだけめくってTシャツのままでいたら、「それも」と、Tシャツもめくられ、おなかと背中をあらわにされる。お医者さんは肌に直接聴診器をあて、ぽんぽんと叩いてみ、はい、おしまいです、としめくくった。

釈然としないまま、診察室を出る。

四月某日　曇

まだ風邪がなおらない。薬も切れてしまっている。でもお医者さんに行くのは面倒なので、かわりに「総合ビタミン剤」を、定量の二倍飲んでおく。それだけではなんだか心もとないので、ごはんも、いつもの二倍、食べておく。

夜、胃が苦しくて、寝つけない。これまでの人生もなんだかこういうふうだったよな、わたしは、と、輾転《てんてん》反側しながら、情けない思いにしずむ。

四月某日　晴

ようやく風邪がなおる。

久しぶりに散歩をする。緑が濃い。風の強い日で、あちらこちらに小さなつむじ風がおこっている。地面に落ちている、八重桜や木蓮の花びらが、つむじ風にのってくるくると舞い散る。

つむじ風のすぐきわまで行って、じっと耳をすませる。かすかに、「ピー」という音が、きこえる。

これからの人生。

五月某日　晴

高円寺の商店街に、お酒を飲みにゆく。

待ち合わせの店に行こうと、ぶらぶら歩く。長い商店街である。どこまで行っても、終わりがない。

歩いているうちにも、商店街はますます複雑になってくる。道はひどく曲がりくねり、枝わかれし、きりたった崖のような場所に出たかと思えば、商店の間から突然海が見え、それならば海をめざそうと思ってそちらに行くと、今はもう使用していない隧道《ずいどう》にはばまれて迂回《うかい》を余儀なくされ、そのまま大きくまわりこむと、また駅前に戻ってしまう。

二時間ほど歩いたけれど、結局店をみつけることができなかった。しかたなく、駅の改札近くに置いてある記念スタンプを手の甲に押して（紙は持っていなかった）、とぼとぼと帰る。

五月某日　晴

有楽町にお酒を飲みにゆく。

今日は迷わないようにと、有楽町周辺の五千分の一地図を持ち、麦茶の入った水筒と非常食用チョコレートと磁石を用意し、準備万端整えたうえで、でかける。待ち合わせは、改札口から歩いて二分の場所である。それでも油断はならじと、地図を広げ、磁石で方角を確かめ、落ちつくために水筒の麦茶を二杯飲みほし、おもむろに歩きはじめる。

歩きはじめたとたんに、ものすごい疲れが襲ってきて、たちすくんでしまう。そのままたちすくみつづけ、結局待ち合わせの場所にたどり着くことはできなかった。

しかたがないので、駅の記念スタンプを高円寺の時とは反対の手の甲に押し、とぼとぼと帰る。

五月某日　晴

前の二回の経験で遠出するのがすっかり怖くなってしまったので、家にいちばん近い喫茶店で待ち合わせをする。

今度こそ店に行き着くべく、慎重に慎重に歩いてゆく。

無事店に辿り着くと、定休日だった。

しかたがないので、店の前の道に蠟石《ろうせき》で「ばか」と書き、とぼとぼと帰る。

五月某日　晴

これからの人生、金輪際待ち合わせはしないことを決心する。

これからは、人と会うときは「偶然だけを頼みとする」ことを、心の底から誓う。

この日は二人の編集者から「打ち合わせしましょう」という電話がかかってきたが、誓いをたてたので、「ごめんね」と言って謝る。「謝られても、困るんです」と言われるが、どうしようもない。もう誓いをたててしまったのだ。

誓いをたてたことが嬉しかったので、最寄りの駅まで行って、記念スタンプを手の甲といわず腕といわず、べたべたと押しまくる。

帰ってから昼寝をして起きてみたら、シーツじゅうにスタンプの紫色がうつっていた。誓いをたてたことを、少し、後悔する。

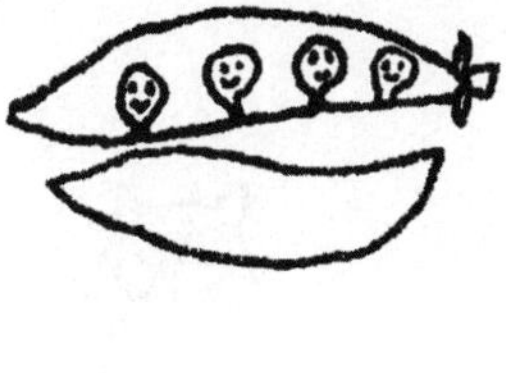

いつも着ている。

六月某日　雨

対談をしに、新宿に行く。

相手はM原さんである。

M原さんはいつもきれいな着物を着ている。

対談を終えてから、近くのバーに行って、対談とは関係ないこと——ずわい蟹とたらば蟹のどちらがえらいか、とか、M原さんの飼っている犬の脇の下に手を入れるとどんなふうに気持ちがいいか、とか、いばってるけど必ず荷物は持ってくれる男の人と、謙虚だけど食べ物の好き嫌いの激しい男の人と、どちらが好きか、など——を、二人でぺちゃくちゃ喋りあう。

バーのとまり木が高くて、着物を着ているM原さんは、のぼることはできたのだが、下りることができない。しばらくM原さんは迷っていたが、やがて小さな声で

「えい」と言い、草履の足をそろえてぴょんと飛び下りた。

着物はひとすじも乱れず、着地はとてもクリアだった。息をのんで見ていたバーテンダーさんたちも、思わず拍手をしてくれた。

六月某日　晴

対談をしに、近所のホテルに行く。

相手はI井さんである。

I井さんはいつもTシャツを着ている。

対談が終わって、さよなら、と言うと、I井さんはTシャツをおみやげにとくれた。家に帰って広げてみると、S・M・L三種類のサイズの、同じ模様で色ちがいのTシャツが入っていた。

机の上に並べると、ものすごく仲のいい、でこぼこ三人組がそこにいるようにみえる。

嬉しくなって、三つともハンガーにかけ、本棚のある部屋の鴨居《かもい》につるす。

本を取りに部屋に入るたびに、三人が揺れ、笑いさざめいているようである。

六月某日　雨

対談をしに、神保町に行く。

相手はH村さんである。

H村さんはいつも会社に行くようなきちんとした服を着ている。会社員だからである。

対談が終わってから、近くの焼きとり屋さんに行って、女のひとの話をする。H村さんは会社員なうえに、女のひとにとてももてるのだ。

女のひとはずわい蟹とたらば蟹とどちらが好きか、とか、女のひとは犬の脇の下のほかに犬のどの部分をさわると幸福な気持ちになるか、とか、女のひとに好かれるには、荷物を持ってあげるのと食べ物の好き嫌いを言わないのとどちらが有効か、などを、ぺちゃくちゃ喋りあう。

帰りに、H村さんのワイシャツの胸についている馬の模様をじっと見ていたら、

「馬、好きなんですか?」と聞かれる。「馬、少し、好きです」と答えたら、「それは、いいですね」と、H村さんは深みのある声で言った。

ああ、この答えかたが、女のひとにもてる秘訣《ひけつ》なんだなあ、と、感じいる。

六月某日　雨

人にたくさん会った月だったので、誰にも会わない三日間を設定する。今日はその最後の日である。

誰にも会わないと決めたので、こどもが学校から帰ってきたときも、ずっと横を向いたままでいる。こどもも理由を承知して、横向きに異議をとなえたりしないのが、助かる。

みそ汁をよそう時に、横向きを忘れてこどもと向き合ったら、「おかあさんっ」と注意される。あわてて横になおった拍子に腕に熱い汁をこぼしてしまったが、じっと我慢する。

二十一世紀出陣。

七月某日　曇

移動対談をしに、都電荒川線に乗りに行く。

対談の相手はH江さんである。

先月から引き続いての「対談四回連続」の、今日が最後の回である。

乗ったり降りたりまた乗ったり降りたりして、最後は荒川遊園地前で降りる。

遊園地の入り口には、七夕の大きな笹《ささ》が飾ってあった。「彼氏ができますように」「億万長者になれますように」などの短冊に混じって、「へらぶなが釣れますようにに」という短冊があった。わたしも「勤勉になれますように」と書いて、つるす。

対談をしつつひとあそび遊んでから、遊園地を後にする。駅に戻る道を歩きながら、ものすごくさみしい気持ちになる。対談は苦手なのだが、今回の四回連続は、楽しかった。それが今日で終わりかと思うと、さみしくてたまらない。

思わず、H江さん、と呼びかける。振り向いたH江さんも、そこはかとなく苦悩に満ちた顔をしていた。

ああ、H江さんもわたしと同じ気持ちなんだと思ったとたんに、H江さんは、「川上さん、都電もなか、買って帰るべきでしょうかどうでしょうか。僕はものすごく迷っているのです」と、重々しく言った。

七月某日　曇

新幹線に乗るために、東京駅に行く。

ホームにある売店で駅弁を見る。

「たこめし」と「二一世紀出陣弁当」の両方に心ひかれる。

迷いに迷ったすえ、結局どちらを選ぶか決められず、両方を買ってしまう。

いよいよ新幹線が発車して食べようという段になっても、まだどちらから食べるべきかがわからない。小田原を過ぎても静岡を過ぎてもだめで、ついに浜名湖で「たこめし」の包装に手をかけるが、次の瞬間にはふたたび迷いが吹き出てきてしまう。

結局目的地の京都に着くまで、どちらにも手をつけることができなかった。ホテルにチェックインして、冷蔵庫にそっと「たこめし」と「二一世紀」をしまう。冷蔵庫の冷気が、差し入れた手にひやひやとまとわりつき、自己嫌悪がいや増してひどくさみしい気持ちに。

七月某日　雨

若い人と一緒にお昼を食べる。

若い人に、「何食べたい」と聞くと、若い人は「油ぎったものが食べたい」と言う。

駅ビルの中の、油ぎったものを食べさせる店に行き、メニューの中でもいちばん油ぎったものを頼むと、若い人はものすごく嬉しそうな顔になった。

油ぎったものを食べおわってから、若い人と別れる。去ってゆく若い人のくびすじが油じみてぴかぴか光っているのを見て、わけもわからずさみしい気分になる。

日本の夏はつくづくさみしいものであるなと、感じ入る。感じ入ったとたんに、眠くなり、同時に油ぎったあくびがたくさん出てくる。そのまま何回も油のあくびをしながら、家に帰る。

一年ぶりの人。

八月某日　晴

お酒を飲みにゆく。

一年ぶりや三年ぶりの人たちと飲んだので、はしゃぐ。そのまま二軒目のお店をめざして歩いていたら、ころんでしまった。段差があるのに気づかなかったのである。左むきにころぶ。左の足の指や左手を怪我《けが》する。ち、血が出てる、とつぶやいていたら、一年ぶりの人が、だっ、と駆けだして、ポカリスエットの大缶を買ってきてくれた。の、飲むんですか、と聞くと、一年ぶりの人は、飲まないでください冷やしてください、と落ちついた口調で言う。ポ、ポカリスエットを足の指にそそいで冷やすんですか、と聞くと、一年ぶりの人はさらにていねいな口調で、いいえ、そそがないでください、缶をくっつけて冷やしてください、と言った。

次のお店に行き、血をふいて缶を足にくっつけると、ものすごくひんやりした。ひ、ひんやりしますね、と言うと、冷えますでしょうポカリスエットは、と一年ぶりの人は静かに答えた。

八月某日　曇

本屋に行く。買おうと思った雑誌の上に、麦わら帽が置いてある。見ると、帽子の持ち主らしき若い男性が、熱心に立ち読みをしている。男性は半ズボンをはき、アロハシャツを着、ゴム草履をはいている。でも頭はぴっちりときれいになでつけてある黒髪だ。

しばらく待ってみたが、男性は麦わら帽のことはすっかり忘れた様子で、足をいらいらと揺らしながら雑誌を読みふけっている。

しかたないので店を一回りする。二十分後に戻ってくると、ようやく男性は雑誌を棚に戻すところだった。アロハにゴム草履なのに、楽しげな様子がなく、なにか悩んでいる感じの男性だなあと思いながら、棚に戻した雑誌の表紙を眺めたら、大きな字で「バカ上司の壁突破マニュアル」と書いてあった。

八月某日　晴

涼しい。散歩に出る。

しばらく歩くと、蟬が二匹とまって鳴いている街路樹があった。少しずつずれた「ジー」の声が、上の方と、それより少しだけ下の方から、聞こえてくる。どこに蟬がとまっているのか見つけようと、上を向く。なかなか見つからない。五分ほどたっても、見つからない。

そのうちに老夫婦がやってきて私の横に立ち、同じように上を向いた。老夫婦も蟬を見つけようとしているらしい。

老夫婦の次には若い女のひとがやってきて、やはり同じように上を向いた。次には子供が三人、その次には恋人どうしらしい二人がやってくる。やってきては、みな、上を向く。

気がつくと、街路樹の下には総勢十人ほどの人が立ち、全員が真上を向いて蟬を捜していた。蟬は変わらずジージー鳴いている。まだどの人も、蟬の姿をとらえることはできていない。

八月某日　雨

ころんだ時にはがした左足親指の爪が、だいぶ復活してくる。ころんで以来ずっと貼っていた絆創膏《ばんそうこう》を、そろそろしないことにする。はがれた当座は爪全体の四分の一ほどがなかったのだが、今は先っぽが少し欠けているだけである。子供がひと齧《かじ》りしたおせんべいみたいに見える。

そう思ったとたんにおせんべいが食べたくなったので、固焼きせんべいを二枚、ばりばり食べて、満足する。

かならずたすけます。

九月某日　曇

友だちに電話をかける。

「うちの子供がこのごろ一日に何通も手紙をくれるんだよ」と友だちが言う。友だちの子供は、もうすぐ四歳になる女の子である。

「どんな手紙」と聞くと、友だちはしばらく黙っていたが、やがて、

「かならずたすけます」

っていう文面なの、いつも。と小さな声で言った。

助けてくれるんだー、とわたしが言うと、友だちは、ほっとしたような困惑したような声で、助けてくれるらしいんだよー、と答えた。

九月某日　曇

自分のこどもが、三日前から修学旅行にでかけている。

家の中が静かだな、とぼんやりしていたら、旅先から手紙がきた。

「イナゴがたくさんいます。とって食べました」という文面だった。

子供のみんながみんな、「かならずたすけ」てくれるわけじゃないんだなあ、と思いながら、またぼんやりする。

九月某日　晴

少し、涼しい。ようやく散歩の季節になったのである。なので、本式の散歩に行くことにする。

本式の散歩とは、

1　行く先を決めない。

2　お金は五百円以内しか持たない。

3　サンダルではなく運動靴をはく（やわらかい革靴も可）。

4　途中でさみしくなりそうな日には出かけない。
5　犬や猫やニワトリは連れてゆかない。

という条件を満たした散歩である。

五百円玉を一つ、ポケットに入れ、帽子はかぶろうかどうしようか迷った末、なしにして、出発する。

一時間ほど、歩く。いくつか収穫があったが（木の実二つ拾得、知らない鳥一種類を見る、半魚人そっくりの顔をしてウエストポーチをつけた闊達《かったつ》なおじさんを見る）、いちばんの収穫は「天使商会」という店をみつけたことか。

ぴったり閉ざされた扉の横に、ペンキでていねいに「天使商会」と書いてあった。

いったい何の店か。観察をつづけることを決意。

九月某日　雨

今日も本式の散歩に出ようと思っていたが、雨が降ったので、断念。かわりに原稿を書く。

原稿はなかなか進まない。合間に、天使商会の扱っている商品を想像してみる。嗅ぎタバコ。古雑誌（昭和限定）。無香料化粧品。大小の鈴（金メッキのものが多い）。馬肉。スクラップ寸前のトラクター。

商品を売買しているとは限らないのに、どんどん想像はふくらむ。このまま天使商会に大きな夢を描きつづけて、結局は普通の喫茶店かなにかだったら、怒り心頭に発してしまうのではないかと、不安になる。天使商会自身には何の責任もないのに。

自重しようと、原稿に向かうが、気が散ってぜんぜん原稿は進まない。

おーい、四角さーん。

十月某日　晴

パソコンがへんになる。

起動するとしばらくして現れる「にこにこ四角さん」（キャビネ判ほどの大きさの長方形の中に、にこにこ顔の図案が出てくるので、勝手にわたしがそう名づけた）が出てこないのだ。かわりに、うぐいすの五十円切手よりもっと小さな四角の中に「？」マークがあらわれる。固唾《かたず》をのんで見ていると、やがて五十円切手大の四角の中の「？」は消え、かわりに、ものすごく小さくなってしまった「にこにこ四角さん」が出てきて、そのまま凍りついてしまう。すぐ近くにいた人が、絵の中の消失点まで遠ざかってしまったような感じ。

こころぼそくなって「おーい四角さーん」と呼びかけるが、「にこにこ四角さん」はちぢこまったまま、ひっそりとしているばかりだ。

十月某日　晴

パソコンの修理センターに電話する。電話に出たひとが、ものすごくていねいで、困惑する。

発話のはじめに、必ずものがなしげな声で「お客さま……」とよびかけてくるし、最後には必ず「たいへん申し訳ございませんが、○○についてお聞きしてもよろしいでしょうか」と終わるのだ。○○は、「どんなふうな壊れ方をしたか」「修理のためにパソコンを取りにいってもいいか」「修理する際修理費をとってもいいか」などという内容である。

修理してほしくて電話しているんだから、いちいち「たいへん申し訳な」がらないでください、と心の中で思いながら、電話を続ける。終わってから時計を見たら、四十五分も電話をしていたことがわかった。さほど複雑なことを話したわけでもなかったのだが。ていねいが、災いしたか？

ぐったりして、一時間ほど寝こむ。

十月某日　雨

パソコン修理のために、運送会社の人がパソコンを取りにくる。今回もやりとりに四十五分かかっちゃうのかなあと、不安になりながら玄関を開ける。

運送会社の人はてきぱきした人で、なんのことはない、一分で用は済んでしまった。世の中のバランスというものについて、運送会社の人が去ってから、しばらく思いをめぐらせる。

十月某日　晴

思いついて、掃除をはじめる。当初は部屋の片隅だけをちょこちょこと、と思っていたのだが、片づけはじめたらとまらなくなった。要らないものを捨てはじめたら、ますます勢いがついた。見る間にゴミ袋五つぶんになる。ちょうどその夜がゴミ収集日だったので、よろこんで五袋を集積所にもってゆく。

夜中、十二時ごろにやってきたゴミ収集車の音を遠くに聞きながら、気持ちよく寝入るが、翌朝四時少し前に突然目がさめて、決して捨ててはいけない資料を、まちがって捨ててしまったことに気づく。

あわてて集積所に出てゆく。むろんゴミ袋は持ち去られた後である。茫然《ぼうぜん》と立ちつくす。まだあたりは暗く、ときおり通る車のヘッドライトがゴミ集積所の塀に反射する。

ああ、と声を出してみる。ああ。ああ。

カラスが二羽、大きな羽音をたてて、斜め上を飛んでいった。まだ、夜は明けない。ああ、とまた言ってみる。人生は、せつない。

まりちゃん。

十一月某日　晴

古本屋さんに引き取りにきてもらう本を選別する。三百冊ほどをえりわけるのに、ものすごく迷って時間がかかる。ここで別れたらもう一生会えないかもしれない、でもここにいてもらっても一生誰も手に取ることなく本棚の奥で忘れられてしまうかもしれない、いったいどっちがましなんだ、云々《うんぬん》かんぬんと、このときばかりはいやに本に感情移入しながら、迷う（いつもは頁《ページ》を折ったりお風呂のお湯の中に落としたり「ばかもの」と叫んで投げ出したりして乱暴に扱っているのに）。

結局、どうしても決められなかった本は、「えいえいやあっ」と言いながら、真上に放り投げ、左に落ちたものはお別れ、右に落ちたものは居つづけ、ということにする。

古本屋さんは二人で来て、てきぱきと本を運んでいった。終わってから古本屋さんのライトバンのところまで出ていくと、本はたいらに均《なら》されて荷台に並べられ、上からは薄い毛布がかけられていた。迷ったものも、すんなり別れが決まったものも、いっしょくたになって毛布の下にあった。

夜、古本のお金でほっけ定食を食べる。

十一月某日　雨

猿について、友だちから注意を受ける。

その一。猿はスーパーマーケットの白いポリ袋が大好きで、ポリ袋のかしゃかしゃいう音を聞いたとたんに飛んできてひったくろうとするので、猿の前では持たぬように。

その二。猿は蛇のおもちゃが嫌いなので、猿のそばに行くときには、必ずゴムの蛇をこれみよがしに手でぶらぶらと振りながら近づいてゆくこと。

友だちは突然電話をしてきて、以上の注意をうながした。

「どうしたの、急に猿のことなんか」と聞くと、友だちは少し早口になりながら、

「いそいで教えてあげないと、いつ猿が来るかわからないし」
と答えた。
いつ来るかわからないの？　こわごわ聞き返すと、友だちは
確信に満ちた声で、いつ来るかわからないのよっ、と言った。

十一月某日　雨

猿が来そうな気がして、怖い。
いちにち怖くて、家から出られなかった。

十一月某日　曇

まだ猿が来そうな感じ。家の外から来るだけではない、押入れや浴室に湧いてくるということも考えられる。
用心のため、一時間に一回、家じゅうの見まわりをする。

十一月某日　雨

　ようやく猿のことを忘れる。そういえば昔猿を飼っている親戚がいた。親戚は猿に「まりちゃん」という名をつけていた。まりちゃんは毛足が長くて、しっぽも長くて、もの静かな猿だった。バナナをやってごらん、と親戚に言われてバナナを差し出したら、ばかにしたようにぷいと横を向いて歯を剝《む》きだされた。

　まりちゃんが蛇のおもちゃを嫌いだったかどうかは、覚えていない。ポリ袋には、関心がなかったはずだ。まりちゃんはおばあさん猿になるまで生きて、老衰で死んだ。最後までわたしにはなつかず、ぷいと横を向くばかりだったけれど、わたしはけっこう、まりちゃんが好きだった。

合格。

十二月某日　雨

お客さんが三人、来る。

夕方からたくさんお酒を飲む。しばらくすると、中の一人が「ねむい」と言いだした。「ねむりますか」と聞くと、ものすごく眠そうな、今にもつっぷしてしまいそうな様子で、頷く。

畳の部屋で、ざぶとんを枕に、横になってもらう。寝息も聞こえないほどしんと眠りこんでいる。あまり静かなので心配になってときどき見に行く。胸の上下動もなければ、息につれて鼻のあたりがかすかに動くような気配もない。ただ、大きくきれいなかたまりのごとく、横たわっている。

しばらく眺めていると、ぱっちりと目を開く。「だいじょうぶ」と聞くと、明晰《めいせき》な声で「だいじょうぶ」と答える。答えた直後に、ふたたび寝入る。寝入ってしまうと、また大きなつくりものの像のようになる。

そのまま二時間眠ってから、むっくり起き上がり、その人はのびをした。それから食卓に戻り、先ほどのすぐ続きのように、ぐいぐいお酒を飲みはじめた。

十二月某日　曇

寒い日。原稿の追いこみにかかっている。原稿の進み具合が不安定なので、気分を変えるために、はじめての定食屋さんに行ってみる。

B定食を頼み、店内を見回す。お客はみなマンガを読んでいる。マンガ回転率、合格。棚の上にテレビがある。NHKでなく民放のチャンネルにあわせてある。庶民率、合格。おばさんの愛想がない。さっぱり率、合格。厨房《ちゅうぼう》をじっと観察すると、「ごはんロボット」と書かれた機械が置いてある。愉快率、合格。

満足しながら、出てきたおかずに箸をつけたら、ものすごくまずかった。

十二月某日　晴

原稿を書き上げる。

連作小説の六話めである今回の隠しテーマは「エッチ」と決めていたので、自分としてはものすごくエッチな仕上がりになったと思うのだが、自信がない。原稿をファックスしてしばらくしてから、担当の編集者のひとからの返信がある。「すごいっす」とひとこと、書いてある。

何がすごいのか、文学的にすごいのか（たぶん違う）、ぎりぎりの時間にぴったり出したことがすごいのか、言ったとおりの枚数にぴったりおさまったことがすごいのか、それとも本当にものすごくエッチですごいのか。

不安なので、気を紛らわすために、エッチ、エッチ、エッチー、とうたいながら、葱《ねぎ》と卵のたくさん入ったチャーハンを作って、食べる。

十二月某日　晴

街に出て年末の買い物。

サンタクロース三人に会う。一人はパン屋さんの店内、もう一人は銀行の前、もう一人はアーケードのはずれにいた。

どのサンタクロースも中肉中背で、目が大きくて、少し悲しそうだった。

アーケードのはずれで会ったサンタクロースだけが、白い大きな袋を持っていた。袋はぺったりとして、中身はほとんど入っていないようだった。

アーケードを抜けて五日市街道を歩きはじめたサンタクロースの背中を見送ってから、すぐそばにある百円ストアで、たわしを一つと密封容器を四つ、買う。

都のたつみ。

一月某日　晴

今日から世間さまは仕事はじめ。

わたしも仕事を始めようとワープロの電源を入れるが、しばらく文字を打っていなかったせいか、ワープロが作動するときの「むいー」と「ぶいー」の中間みたいな音を聞いたとたんに、気分が不安定になる。

薄灰色の何も文字の打たれていない画面の前でしばらく凝然としているが、気分はますます不安定に。

しかたなく散歩に行くことにする。出がけに玄関の扉を振り返ると、さげてあるお飾りがなんだか淋《さび》しくなっている。知り合いが毎年つくってくれる、手作りの「生」のお飾りである。そのお飾りの中の、黄色いキンカンと千両の赤い実がなくなっている。

鳥が来てつついたのか、はたまた同じアパートの人が空腹のあまり盗み食いしたのか、実は大家さんがキンカン恐怖症で、真夜中こっそりキンカンをむしり取ったものの、キンカン恐怖がばれると困るので、捜査陣を攪乱《かくらん》させるために千両も一緒に取り去っていったのか。

いろいろ推理しているうちにすっかり元気が出てきて、散歩はとりやめにする。

一月某日　晴

電車で隣に座っている高校生が、ひどく煙草くさい。煙草くさい人は知り合いに何人もいるが、この高校生と同じくらい強い匂いがしみついているのは、そのうちの三人くらいで、その人たちは全員ショートピースを一日五箱は吸う人たちだ。

高校生はノートを広げ、しきりに口を動かしている。何かを暗記しているらしい。こっそりノートを覗きこむと、「わが庵《いお》は都のたつみ」と書いてある。

くわしく読んでゆくと、四行「わが庵は都のたつみ」が続いたあと、五行めは「わが庵の都のたつみ」と変わり、七行めになると「わが庵の都はたつみ」になっている。

くらくらする。ショートピースの匂いにくらくらしているんだか、助詞のきもち悪い変化にくらくらきているんだか、横目を使いすぎてくらくらしているんだか、よくわからないながらも、とにかく、くらくらする。

一月某日　曇

劇を見にいく。面白かったが、久しぶりに人ごみに出たので、帰り、突然機嫌が悪くなる。環境の変化に適応できない質なのだ。

たまたま一緒にいた人に、当たり散らす。当たり散らすと言っても、怒鳴ったり怒ったりからんだりするのではなく、首をへんな角度に曲げ、そのまま絶対にその角度を変えないという、ひどくわかりにくい当たり散らしかたなので、一緒にいた人は心底閉口していた。

一月某日　雨

昨日当たり散らした人に電話し、平身低頭謝る。「いや、だいじょうぶです」と当たり散らされた人は言っていたが、ぜんぜんだいじょうぶではないことが、口調にありありと表れている。五分くらいくどくどと謝りつづけ、電話を切る。

当たり散らされた人の「いや」という声が、いつまでも耳に残って鳴り響く。残響を真似て、「いや」とわたしも言ってみる。言ってしまってから、ものすごい自己嫌悪におそわれる。おそわれながらも、もう一度、こんどはさらに精巧に似せて、「いや」と言ってしまう。頭をかかえながら、「いや」を十数回繰り返し、そのたびに口調は当たり散らされた人そっくりになってゆく。

ムーンライトパンダ。

二月某日　晴

池袋に行く。
池袋に行くのは、ほぼ一年ぶり。
友だちに会う。
うなぎを食べて帰る。

二月某日　晴

池袋に行く。
本屋さんで新刊についての話をする。
ぼらの刺身を食べて帰る。

二月某日　晴

池袋に行く。

サンシャインビルで劇を見る。

サンシャインビルのお手洗いに三回入ってみる。それぞれ違う場所で入ったのだが、どのお手洗いもすごく混んでいる。

コロッケを食べて帰る。

二月某日　晴

池袋に行く。

編集のひとと打ち合わせをする。

場所を池袋にする必要はなかったのだが、たぶんこの先しばらくは池袋に来ることがないような気がしたので、この際まとめて池袋を堪能《たんのう》してみようと思ったのである。

あんこだまを食べて帰る。

二月某日　晴

なかなか雨が降らない。

今年は花粉の飛ぶ量が少ないと聞いているが、花粉症の発症のぐあいは、例年と同じである。

鼻がつまり、目玉がかゆくて、皮膚もかゆい。鼻づまりと皮膚のかゆいのには、なんとか対処の方法もあるのだが、目玉にかんしてはいつも困りはてている。ノミくらいの大きさの小人が目玉の表面に何百人も並んで、とんとん行進してゆくような感じのかゆさである。小人たちの靴の底は、ちょっとけばだったフェルトだ。鉄の鋲《びょう》が打ってあるようなごつい靴ならばともかく、フェルトではこれはもう、微妙にかゆくてかゆくて、いかんともしがたい。

二月某日　晴

この季節、花粉症の鼻づまりで眠りが浅くなるせいか、明け方に鮮明な夢を見る。

今日のは、パンダの夢だった。

神秘的なパンダが目の前にいる。さてこのパンダの名前はなんでしょう。という夢だった。

1　ムーンライトパンダ
2　ライオンパンダ
3　サンシャインパンダ
4　パンダかもしか

この四つの中から正解を選びなさい、と夢の空間のどこからか、声がする。パンダかもしかを選びたくてしょうがないが、それは絶対に不正解であるとわかっている。でも選びたい。選ばないようにするのに、夢の中で四苦八苦する。

『東京日記　卵一個ぶんのお祝い。』単行本あとがき

東京近辺だけで売っている雑誌「東京人」に連載している日記の、最初の三年ぶんをまとめたものが、本書です。

「東京日記」という題は、雑誌の名前にも由来していますし、住んでいる東京での出来事を書いた、ということにも由来しています。そしてまた、敬愛する内田百閒《ひやっけん》の同題の作品にも。とはいえ、百閒先生と並んでしまってはおこがましい気がして、表紙には「東京日記」という字は、小さく印刷しました。

以前『椰子・椰子』という、嘘《うそ》日記の本をだしたことがありました。本書は、本当日記です。少なくとも、五分の四くらいは、ほんとうです。ふつうに生活していても、けっこう妙なことが起こるものだなあと、読み返しながら、なつかしく思い

だしております。

装画の門馬則雄さん、雑誌連載時に担当して下さった金澤智之さん、鈴木伸子さん、本をつくってくださった日下部行洋さん、装丁の祖父江慎さん、ありがとうございました。

二〇〇五年夏　武蔵野にて

東京日記2

ほかに踊りを知らない。

つらい気持ち。

三月某日　晴

まだ寒い。でも、食卓の上に置いてある盆栽の桜は、そろそろ咲き始めている。梅の盆栽というのは知っていたが、桜の盆栽は、生まれてはじめて見た。年長の知人が先月送ってくれたのである。高さは二十センチほど、花は八重で、蕾《つぼみ》のうちは濃いピンクだが、咲くと色は淡くなる。

嬉しくて、友だちを二人招く。最初のうちは桜を眺めながら静かにお酒を酌み交わしていたが、じきに桜のことなどぜんぜん見なくなり、いつもの通りのただのどんちゃん騒ぎになってしまう。

夜更け、朦朧《もうろう》とした目でちらと桜を見たら、風もないのに、そよそよと揺れていた。

三月某日　曇

税金のことをする。

「申告をする」とか「計算をする」とか「帳簿に書きこむ」という言いかたができればいいのだが、そんなところまでとてもじゃないが行き着かない。ただ「それに向かってじりじりと匍匐《ほふく》前進している」という感じ。

午後、疲れ果てて、同業の友人に電話したら、やはり憔悴《しょうすい》した声で、前置きもなしに、「ぜいきん」とつぶやいた。ぜ、ぜいきんが、ど、どうしたの、と聞き返すと、友人はしばらく黙りこみ、それからふたたび「ぜいきん」とだけ言った。

つらい気持ちになって、静かに受話器を置く。

三月某日　曇

ヤリイカの皮を剝こうとして、ものすごく苦労する。もともとイカの皮を剝くのが下手なのだ。

ようやく剝き終わり、汗をかいたので額を手の甲でぬぐおうとしたところ、間違えて指でまぶたをつっついてしまう。

五秒後、突然上下のまぶたが腫れてくる。あせってもう一度目をこすったのがいけなかったらしく、ものすごい勢いで腫れだす。

あわてて眼科に行く。前に白目がゼリーのようになった時(九十六ページ参照)に行った眼科である。あらあら、また目ですか、どうしてそんなに目なんですか、と怒られる。でも眼科なんだから、目でしょう、と言い返したいが、もっと怒られそうな気がしたので、言わないでおく。イカですか。イカっていうのは珍しいですね。眼科医は笑いながらわたしのまぶたをひっくり返し、ぽたぽたと目薬をたらした。

家に帰ると、皮を剝かれてそのままになっているイカの足の部分が、まな板にとろりとはりついていた。

三月某日　雨

突然思い立って、髪を切る。

今と違う髪にしてください。もうどんなのでもいいです。とにかく今の髪形じゃないのにしたいんです。すべておまかせします。
そう言われて、美容師さんはなんだか困った顔をしていたが、やがておもむろに髪を切り始めた。

できあがった髪は、確かに今までと違うかたちだった。まっすぐだったものが、曲がった。長くてそろっていたものが、あまり長くなくてばらばらのものになった。な、なんだか、あの、似合ってます？　仕上がりを鏡で見ながら半疑問調で聞くと、美容師さんはいたましそうに首をかしげた。で、でも、頼んだのはわたしだったですよね。気弱に続けると、美容師さんはいたましそうな表情のまま、頷いた。

とぼとぼと雨の中を帰る。悲しいので、福神漬けの高いの（いつも買おうかどうしようかすごく迷って決心がつかなかったもの）を買って帰る。

あしのうらが扁平。

四月某日　曇

友だちの結婚パーティー。
たくさんの人に会う。

四月某日　晴

従姉妹《いとこ》の結婚式。
たくさんの人に会う。

四月某日　晴

知人の受賞パーティー。
たくさんの人に会う。

四月某日　雨

知人の朗読会。

たくさんの人に会う。

四月某日　晴

子供の保護者会。

たくさんの人に会う。

四月某日　雨

今日もたくさんの人に会う会に出席するはずだったが、ずる休みする。

まだ月の前半なのに、数えてみたら、今月に入ってすでに一六五人の人と対面で喋っている。いつもなら、一月に平均八人くらいの人としか喋らないのに。

そういえば最近、豆ばっかり食べたくなったり、真夜中に、ふと、あしのうらがすごく扁平《へんぺい》になったような気がしたり、突然英語が堪能になったような気分になったり（英語を喋る機会など全然ないのに）、することがある。

もしかすると、体の中の、「人ときちんと話をする機能」を酷使しすぎてガタがきてしまい、その結果、妙な症状が出てきたのかもしれない。

四月某日　晴

ひきつづき、家にこもる。

豆も英語もだいじょうぶになったが、あしのうらの感じだけは、なおらない。

真夜中、じっと本を読んでいると、どんどんあしのうらが平らになってきて、それだけではなく、平らになったところに、道路ができたり小さな家が建ったりしているような感じになってくる。

ちょっと、うれしい気分。

四月某日　曇

十日ほど人に会わなかったら、あしのうらの感じも、すっかりおさまった。つまらないので、友だちに電話をかけて、「お酒飲もうよー」とか「映画でも見ないー」とか誘うが、誰も相手になってくれない。すねて、一人でレゴで遊ぶ。

四月某日　晴

すねて始めたレゴに、すっかりはまる。

すっくと立って片手を挙げている巨大パンダを構築しようと計画し、顔の部分からつくりはじめたのはいいのだが、じきに白と黒のピースが払底してしまった。特に黒が少ない。

しかたなく、白黒パンダではなく、極彩色パンダに変更する。

夕方いっぱいまでかかって、顔と、挙げている片手を、つくりあげる。

三人。

五月某日　晴

三十代時代の友だちと、三人で会う。「学生時代」とか「会社時代」とか「サークルで知り合って」とかまとめられない友だちなので、こういう言い方になる。

一人は、もともと友だちの友だちだったけれど、ある日突然フラ印のポテトチップスを郵便で送ってくれたので、友だちになった。

もう一人も、やはり友だちの友だちだった。すでにその時友だちになっていたポテトチップスの友だちもまじって、一回お酒を飲む機会があって、その時に一緒に少し暴れたので、友だちになった。

三人で昼定食を食べる。

帰り道、パン屋さんの前を通ったら、お酒を飲んで一緒に暴れた方の友だちが、

「あっ、パンくさいっ」と叫んだ。

またしばらく行くと花屋さんがあった。今度はポテトチップスの友だちの方が、「近所の人がひまわりに『りりちゃん』ていう名前つけて可愛《かわい》がってるの」と、暗い声で言う。

駅前でしばらく名残を惜しみあってから、別れる。

五月某日　雨

女子高時代の友だちと、三人で夕飯を食べる。

同級生の消息を喋りあう。

釘師《くぎし》の人と結婚して全国を流浪している同級生だの、長野県にレストランを開いた同級生だの、昔「編集長」というあだ名だったのがほんとうに編集長になってしまった同級生だの、いろんな人の話題が出たが、中でも出色だったのは「ピアノ教祖」になったという同級生の話であった。

「ピアノ教祖？　ピアノ教師じゃなくて？」

わたしが聞くと、教えてくれた友だちは、こくりと頷いた。

「で、ピアノ教祖って、なんなの」

重ねて聞いたが、友だちは、それ以上答えられない、と、とにかく、ピアノ教祖なのよ、と言うばかりである。

五月某日　雨

主婦時代の友だちと、三人で夕食を食べる。

台湾に住んでいる一人が一時帰国しているので、集まったのである。

台湾名物の、電気ハエ叩きを見せてもらう。

バドミントンのラケットを一回りほど小さくしたようなもので、柄のところに単二の電池がしこんである。スイッチを入れると、ガットの金属部分が熱せられ、飛んできたカやハエに向かってラケットを一振りすれば、かんたんにやっつけることができる、という仕掛けである、

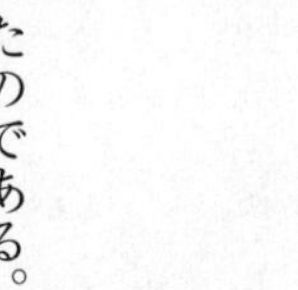

「は、迫力、あ、あるね」と言うと、友だちはにっこりほほえみ、

「ほんとに爽快なのよお、これ」と、優しい声で答えた。

五月某日　雨のち曇

こどもたちと三人で街にでかける。

公園を通って行き、公園を通って帰る。

行き道はまだ明るかったのだが、帰りはすっかり暗くなっていた。

暗い中、池の端を歩いているときに、突然片方のこどもが、「がってんしょうちのすけ」とつぶやく。もう片方のこどもも、つづけて、こだまのように「がってんしょうちのすけ」と言う。

びっくりして黙っていたら、そのままこどもたちは大股ですたすた先へ行ってしまった。

シュール。

六月某日　雨

下北沢に映画を見に行く。

若尾文子の出る映画である。

最初の方の場面で、浴衣姿の若尾文子がうつぶせに寝そべっているのを、ほとんど床に近い位置にカメラをすえ、お尻から背中にかけてなめるように映してゆくところがあって、どきどきする。

とてもきれいな、お尻と背中だった。

一生に一度でいいから、あんなお尻と背中になりたかったと思って、呻吟《しんぎん》する。でもどうやっても無理なことは自明なので、五分後にはすぐに諦める。

家に帰ってから、思いついて背筋運動をしてみる。しおわって鏡に背中をうつしてみたが、むろんお尻も背中も若尾文子とはおおちがいのままだった。

六月某日　晴

下北沢に映画を見に行く。

森繁久彌の出る映画である。

一本めの映画では森繁はトンカツ屋の主人の役で、二本めでは世をすねた小説家の役だった。小説家の方は髭《ひげ》をたくわえたうえに黒眼鏡もかけていて、下町の商人ふうだったトンカツ屋主人とはぜんぜん違う人にみえた。

髭を生やせばあれだけ違う人に見えるのかと羨ましくなって、呻吟する。

家に帰ってから、つけ髭（ずっと前のクリスマスに友だちから貰《もら》った）をして鏡を見てみたが、いつもの自分とほとんど違っていなかった。あの違いは、森繁の演技力あってこそのものとわかって、少し、安心する。

六月某日　曇

下北沢に映画を見に行く。

小沢昭一の出る映画である。

小沢昭一は、一本めではそば屋のおにいちゃん、二本めは贋《にせ》学生、三本めは遊廓《ゆうかく》に出入りする貸本屋の役をしていた。

どの人物も、ものすごく○○な面白さをたたえているなあ、と思うのだが、○○の中に何が入るか、喉元まで出てきているのに、どうしてもぴったりの言葉が見つからない。

三本めの最後の方で、ようやく「シュール」という言葉を思いつく。

シュール

と、頭の中で何回も繰り返す。

ずいぶん久しぶりに使う言葉である。たぶん、十三年ぶりくらいだ。十三年も使っていなかった言葉を思い出させてくれたことが何やらありがたくて、今回は呻吟せずに、かわりに少し、泣いてみる。

家に帰ってから、映画の中の小沢昭一の顔を思い返す。若々しい表情だったが、ほんの時たま、ふっと、今の小沢昭一そっくりに見えることがあった。四十年ほど前の映画なわけだから、一瞬、四十歳も年をとるわけである。そう思ったとたんに、またなにやら泣きたい気持ちになって、少し泣く。

六月某日　曇

呻吟したりめそめそしたり、内にこもった気分にひたった月だったので、今日はぱあっと外向きに生きようと思う。

ぱあっとするために、近所の和菓子屋で、鯛焼を五枚買う。

次々に食べてぱあっとしたように思ったが、よく考えてみるとわたしは甘いものが苦手だった。そう思ったとたんに、ぱあっと、の、ぱあ、のあたりで気持ちが止まってしまう。

止まったまま、夕方まで過ごす。途中で何回も残りの「っと」を引き寄せようとしたがうまくゆかなかった。

あきらめて、夕方、食べかけだった最後の鯛焼の下半身を、もそもそ食べる。

尾籠な話。

七月某日　晴

おなかをこわす。

一日家にこもっておとなしくしている。

昼におかゆを食べる。

おかゆ、という響きがなんとなく誇らしくて、おかゆ、おかゆ、と繰り返し言ってみる。言っているうちに、一つの言葉を繰り返し発音した時に必ずやってくる「世界が突然ばらばらになった感」が襲ってくる。

何回も言ううちに、おかゆ、という音が、何をあらわしているんだかわからなくなり、するとこの世界の継ぎ目とか方向が突然ずれてしまうような感じになる、例のあれだ。

しばらく目をつぶって、やり過ごす。ゆがんで壊れた世界が、ゆっくりとなおってくる。でも、なかなかきちんとした形には戻らない。飛び散ったかけらや、うにゅうと曲がった輪郭が、いつまでもちらちらと跳び回っている。ばかなことをしたものだと後悔するが、あとのまつりである。

七月某日　晴

おなかが治る。
枕もとに置いてあった正露丸をしまう。しまう前に、ふたを開けてくんくん匂いをかぐ。正露丸の匂いは、深い森の奥に住みついている、小さな緑の蛇（性格温厚・でもときどき小さな癇癪《かんしゃく》をおこす）を思わせる。

七月某日　晴

仕事で初対面の編集者と会う。とても礼儀正しい人である。健康の話になる。

つねづねわたしは「尾籠《びろう》な話なんですけど」という言葉を使ってみたいと思っている。「尾籠な話なんですが」は、いつでも使えるわけではない。まずその「尾籠」にあたる話の種がなければならない。それから、話す相手との距離も大事である。礼節を崩さぬ間柄、それが必要なのである。

先日の腹くだしと、編集者の礼儀正しさという、両方の条件が、今回は満たされている。いよいよわたしの「尾籠な話ですが」デビューか、と身構える。

編集者は「にんじんジュースがいかに眼精疲労にいいか」を、懇切丁寧に説明している。さあどこでわたしは「尾籠」を開陳すべきか。どきどきしながら待つが、あまりに編集者の説明が子細にわたっていて、どうしても口をはさむことができない。

結局最後まで「尾籠」デビューはできなかった。がっかりである。

七月某日　晴

暑い。

板張りの床にぺったり寝そべっていたところへ、友だちから電話がくる。

「あのねえ、今東京都心ではねえ、日の当たってるアスファルト表面の温度はねえ、四十度を超えてるんだよ」開口一番、友だちは言った。

なんでわざわざそんな暑苦しいこと言ってくるのさ。怒ると、友だちは真面目な声で、

「だってあんまり暑いから、一人でそんな暑苦しい情報を持ちこたえることができないんだもん」と答えた。

三回くらい「暑いね」「まったくもって暑いね」などと繰り返しあったあと、早々に電話を切る。

ふたたび床にぺっとりと寝そべる。ぶー、というクーラーの音を口真似しているうちに、うとうとしてくる。

どうかね。

八月某日　晴のち夕立

ワードプロセッサーの速度の遅い日。

ときどき、そういう日がある。

たとえば「おはようございます」と打った後に、「ございます」の部分に下線を引き、削除ボタンを押したとする。

いつもならば一瞬で「ございます」は消えるはずである。けれど速度の遅い日には、消えない。二秒ほどそのまま「ございます」はとどまり、そののち、ようやく消えるのだ。

消えかたも、即座ではなく、たゆたうがごとく、ためらうがごとくに、消えるのである。

そういう日を、わたしは「機械に迷いのある日」と呼んでいる。

機械に迷いのある日は、一年に四回ほどくる。季節の変わり日であることが、多い。

午後に雷と夕立があって、その後試したら、速度は戻っていた。

八月某日　晴

浅草に泊まりに行く。

東京に住んでいるのに、めったに都心に出ない。「銀座って、どんなところ」と、ある日こどもに聞かれてそのことに気づき、ここは一つ東京見物さ行くべい、と思いたったのである。

こどもたちと一緒に、六区のあたりをそぞろ歩く。花やしきでは、お化け屋敷に入る。豆かんを食べ、お寺にお参りし、芋ようかんを買う。太鼓の博物館に入場し、太鼓をでこでこ叩く。

「東京は、どうかね」

こどもたちに聞くと、しばらく首をかしげていたが、やがて「東京は、すごいね」と小声で答えた。不憫になる。

八月某日　曇

隅田川の水上バスに乗る。

たくさんの橋をくぐったすえ、日の出桟橋に着く。「ゆりかもめ」に二駅だけ乗り、新橋に出る。そこから歩いて銀座まで行く。

「銀座は、どうかね」

こどもたちに聞くと、しばらく首をかしげていたが、やがて「歩行者天国って、生まれて初めて見た」と小声で答えた。

また不憫になるが、よく考えてみればわたしだって、まだ三回くらいしか歩行者天国は見たことがなかった。よくよくの出無精である。

こうなったら一生、六本木ヒルズにも新丸ビルにもお台場にも足を踏み入れまいと、心に強く誓う。

八月某日　晴

吉祥寺で飲み会。

都心ではなく、地元なので、うきうきしている。

六人でたっぷり飲んだ後、夜の道を散歩する。一人が「アイス、食べたい」と言うので、おいしいガリガリ君を売っている店に案内する。道をちょっと入ったところにある、コンビニエンスストアである。

三人がガリガリ君ソーダ、あとの三人はガリガリ君コーラを買い、これもわたしが案内した、民家の庭先（草はらになっている）に座りこんで、かじる。

このへんのガリガリ君て、僕の方のガリガリ君と違う味がするなあ。一人が言うと、みんなが口々に「違うね」「ほんとにちがうよ」と賛成する。

誇らしい気分になって、暗闇の中、ガリガリ君の棒をぎゅっと握りしめる。

ばかも。

九月某日　晴

今年はじめての秋刀魚《さんま》を食べる。
西荻窪の居酒屋さんで、食べる。
ただ焼いてあるだけでなく、秋刀魚のわたをまぶしつけながら焼いたものである。
もう、頭からしっぽからなかみから、残さず食べる。
最後に飲みこんだかたまりの中に骨があったらしく、喉にちょっとひっかかる。
でもぜんぜん痛くない、きっと小さな骨にちがいないと、ほっておく。
帰って、ばたんきゅーで寝つく。

九月某日　雨

ばたんきゅーで寝ついた、その夜の三時ごろ、はっと目覚める。

喉の奥から、何かが出てくる感触がある。

まっくらな中で、次第にせりあがってくる何かを、じっと待つ。

五秒ほどで、それは口の中に出てきた。骨だった。ゆうべひっかかった、秋刀魚の骨。

灯をつけて観察したら、たっぷり六センチはある長い骨だった。五ミリくらいの、細かい骨だとばかり思っていたので、驚く。

深々とささっていただろうに、ちゃんと自分の力で押し出した喉の肉に、感謝する。

肉さま、ありがとうごぜえます、と暗闇の中で唱える。唱えながら（「肉さま」って、ちょっと、いやだな）と思うが、あわてて打ち消す。

九月某日　雨

書いた短篇の載っている雑誌が送られてくる。

「作者写真」入りで、掲載されている。この三月に髪を切る前の写真だ。ほほう、こういう髪形だったんだねえ、半年前までわたしは、と感心する。なにかと忘れっぽいのである。

編集者からの手紙が同封されているので、読む。「髪形をお変えになった写真を、この写真を決めた後に拝見しました。でもこちらのお若い写真がいいかと思い、載せておきました」とある。

お若い？　と思いながら、もう一度見る。たぶん、一年ほど前の写真である。お若い？　もう一度頭の中で繰り返す。じゃあ今のわたしはすごく年寄りなの？　ものすごく、どきどきしてくる。

九月某日　雨

前日の「お若い」がまだ頭を離れない。

問題点を整理する。

1　一年でものすごく年寄ったのかもしれないという事実に対する恐怖
2　年とったと言われてそれほど気にする自分の虚栄心への失望
3　編集者が、写真をただの記号としてでなく、人間の顔（すなわち美醜の判断やら自分の好き嫌いやらという感情移入をともなった対象）としてとらえているのかもしれないという不安

整理して、少し安心する。

ほとんど忘れて、一日仕事をする。夕方、一瞬「お若い」という言葉を思い出して、反射的に、きー、と思う。やっぱりこの編集者が単純に失礼な人なだけなんじゃない？　という、ごくごく単純な感想を、必死に押さえつける。ああ、わたしって、複雑な人間にあこがれてるんだな。そう自分を分析しながら、必死に、押さえつける。こんなどうでもいいことをぐずぐずうじうじ思い悩むあたしって、ばかかも。しょんぼり思いながら、必死に、押さえつける。

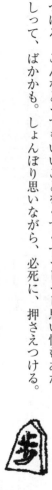

ほめてくれる。

十月某日　晴

久しぶりに人間ドックに入る。

半日コースで、つぎつぎに要領よく診察や検査をしてくれる。お医者さんも、看護師さんも、とても優しい。

「肺活量、いいですね」

「バリウムの飲みかたがおいしそうですね」

「採血の時のてのひらの握りかたがきっぱりしてますね」

どんどん、ほめてくれる。

ほめられて、得意になる。三時間ほどの検査の、最後の方には、すっかり天狗《てんぐ》になっている。

俺さまはえらいんだぜ、すごいんだぜと、鼻たかだかで胸をそらして駅まで歩く。

けれど、駅の改札を過ぎたところでつまずいたとたんに、我に返る。老眼で足もとや手もとがこのごろ不如意なのだ。

反動でがっくりきて、よぼよぼと階段をのぼる。

十月某日　曇

人間ドックの結果票が郵送されてくる。

「要再検」の項目が一つ、それに「来年の検査まで様子を見る」が五項目。

一瞬、診療所の優しかった先生たちや看護師さんたちのことを思い出して、うっとりする。

うっとりしたまま台所仕事をしていたら、鍋に火が入ってびっくりした。

ごう、と大きな赤い炎があがって、換気扇のあたりまでのびた。

びっくりとうっとりが混じって、ものすごくへんな気分になる。

十月某日　雨

食欲がある。

前から、食欲に周期があることに気づいていたので、今月から食欲のあった日を手帳につけておこうと思う。

日付の隣に「食欲」と書きこむ。

十月某日　雨

まだ食欲がある。手帳につける。

十月某日　雨

あいかわらず食欲がある。今日で「食欲」の書きこみは、すでに五日めである。

十月某日　晴

まだ食欲がある。

たんなる「馬肥ゆる秋」の類なのかとも思うが、せっかく決めたことなので、今日も「食欲」と手帳に書く。

ずらっと並んだ「食欲」を見ていると、まがまがしい気持ちになってくる。あわてて、手帳を閉じる。

十月某日　曇

落ち葉を踏んで歩く。今年はいつまでも気温が高いので、なかなか葉が散らなかった。

かさかさ、と音をたてて歩く。

落ち葉をいい音で踏むには、こつがある。

真上から足を落とすようにして、けれどその真上は、あまり高いところではなく、そしてまたできるだけ小股で歩くのである。

これをすると、とてもいい枯葉音がでるのだが、傍《はた》から見るとものすごくかっこう悪い歩きかたであるというところが弱点か。

弱点を気にせず、かさかさたくさん踏んで、満足する。

夜の法事。

十一月某日　曇時々雨

おめでたいことがあった友だちの、お祝いの飲み会。

築地市場の中にあるお店に集まる。夜なので、卸の店はみんな閉じている。いくつかの食べ物屋が、ぽつりぽつりと灯をともしているばかりだ。

ぼんやり歩いていたら、まっくらな道の角を、フォークリフトが曲ってきた。突然あらわれたので、びくりとして後じさる。

ぶいーん、という音を響かせながら、何も積んでいないからっぽのフォークリフトは、ふたたび闇の中へ消えていった。

しばらく茫然とする。闇の奥のほうから、ぶいーん、という小さな音が、まだ聞こえている。お店の目印の「水神様の祠《ほこら》」を探そうとするが、足がすくんでしまって動けない。

そのままじっと、「ぶいーん」の音がこだまのように繰り返し低く響くのを、聞いている。もしかしたら、あのフォークリフトは水神様が実体化したものなのかも、と思いながら、いつまでもじっと、聞きつづける。

十一月某日　晴

こどもと一緒に吉祥寺まで行く。こどもはそのまま歯医者さんへ。駅ビルで本を買い、次に八百屋さんに入ったところで、うしろから肩をぽんと叩かれる。振り向くと、さっき別れたはずのこどもである。

どうしたの、と聞くと、歯医者さんに行ったら、歯医者さんがなくなってたんだよ、と答える。診察券にある番号に電話しても、誰も出ないから、困っちゃったんだよ。

びっくりして、一緒に歯医者さんのあるはずの場所に行ってみる。なくなっている。代わりに、新しいラーメン屋さんが開店している。

ラーメン屋さんの店長らしき人に、「あ、あの」とどもりながら、歯医者さんの消息を聞く。丸井の裏に引っ越したって聞いたような気がするけど。店長さんはおぼつかない感じで教えてくれる。

いそいで丸井の裏に行くが、歯医者さんはない。丸井の周囲をぐるりと歩くが、やはりない。

こどもと二人、人ごみの中、なすすべもなくたちつくす。

十一月某日　雨

おなかをこわす。

熱も出てくる。

一晩じゅうベートーベンの夢を見る。

十一月某日　曇

ようやくおなかもなおったしで、友だちと飲みにゆく。

カウンターだけの小さなお店で、隣にはお坊さんが二人座っている。しばらく飲

んだところで、お坊さんたちが話しかけてくる。

二人とも九州から上京して、二週間ほどご本山のお寺にこもっての「行」を終えたばかりであるらしい。久しぶりのお酒はしみるなあ、ほんとにしみるなあ、と言いかわしながら、じつにおいしそうに飲んでいる。

そのうちに、わたしたちもお坊さんたちもずいぶん酔っぱらって、何がなんだかわからなくなる。

帰って手帳を見たら、「夜の法事」と、お坊さんの筆跡で書いてあった。何のことだかさっぱり思い出せない。ただ、お坊さんの勢いのいい達者な筆跡で、くろぐろと「夜の法事」と、手帳のページのまんまんなかにあるばかりだ。

しばらく首をかしげてから、ぱったりと寝入る。

ぽそ。

十二月某日　晴

久しぶりに、ドラクエをやる。年末の締切りから逃避するためである。

前にやったときのデータをひっぱり出してくる。最後のでっかいボスはすでに倒し終えているので、その後の余禄《よろく》の部分をたどる。

余禄の部分といっても、なかなか難しい。みちみち出てくる敵はやたらに強いし、その後さらに出てくる「最後の最後のでっかい敵」は、今まで見たこともないくらい、いろんな技をくりだして攻めてくる。

ぐったりして、いったんセーブする。

せっかく今年最後の原稿を終えて平和にお正月を迎えようと安心していたのに、明日がぎりぎり締切りの、「めくるめく官能と息をもつがせぬ波瀾万丈《はらんばんじょう》の百枚」という原稿を書かなければならないことを突然思い出してしまったような気分。

いやいやちがう、締切りはすべて終えて、今は平和な世界なんだ、ということを自分に言い聞かせようとするが、できない。いくらがんばっても、心は乱されたままだ。

二時間ほど寝入る。起きてからしばらくぼーっとした後で、現実のこの世界の締切りも、ほんとうは全然こなせていなかったことを思い出す。また早く逃避せねば、と思いながら、あわててゲーム機のスイッチを入れる。

十二月某日　晴

ようやくほんとうに今年の締切りを全部クリアする。

ほっとしてカレンダーを見たら、今年はあと五日しか残っていなかった。さて年賀状を書くぞと勢いこむが、年賀状が、ない。あまりの忙しさに、注文し忘れていたのだった。

びっくりして、さめざめと泣く。

十二月某日　晴

近くのいきつけのコンビニで、できあいの図案の年賀状の印刷を頼む。めんどりの切り絵の下に「謹賀新年」とあるものだ。

去年は、知り合いの親切なデザイナーの人に頼んで、「文学」の人っぽい活版文字のかっこいい年賀状をつくってもらい、以後はずっとこれで「文学」の人として生きるのだ、と内心ほくほくしていたのに、たった一年でその野心もついえてしまった。

さびしくて、つーっと涙がこぼれてくる。

十二月某日　曇

コンビニに年賀状を取りにゆく。がんばって書いてね、と、コンビニのおばさんに言われる。今年もあと二日しかないから、心配してくれているのである。

ええまあ、と心細そうに答えると、おばさんは顔をのぞきこんできた。

ほんとにがんばるんだよ。ものすごく暖かな声で、はげましてくれる。
ありがたくて、涙がにじんでくる。年末は寒さのせいか、涙腺がゆるんで、困る。

十二月某日　雪

紅白歌合戦を横目で見ながら、年賀状を書く。赤組の勝利が決まっても、まだ半分しか書けていない。

ポストまで、できたぶんの年賀状を出しにゆく。夕方まで降っていた雪がやんで、夜の空気ははりつめている。長靴の底で、みちばたの雪をじゃりじゃりと踏む。

見上げると、夜空に飛行機が浮かんでいる。今年もお世話になりましたー。飛行機に向かって言ってみる。来年もよろしくお願いしますー。すっかり固まっているポストの脇の雪に向かって言ってみる。

チェーンをつけた車が一台、水の音をたてながらゆっくりと走り去ってゆく。除夜の鐘が、どこかからゆがんだ音で聞こえてくる。

ポストに年賀状の束を落とすと、しばらくしてから、ぽそ、という音がした。

すてきな巣箱。

一月某日　晴

親類の家にゆく。

親類、といっても、血のつながりは、さほどない。おじさんのつれあいの、その兄弟のさらにいとこ、というくらいの感じか。

お昼をごちそうになる。おせちが余っちゃったから入れてみたの。そう言いながら、親類のおばさんは、ラーメンを作ってくれた。

ごまめと、筑前煮《ちくぜんに》と、昆布巻きと、たたきごぼうがのせてあり、おつゆには、たたきごぼうのゴマがいちめんに溶けだしてうかんでいた。

おいしい？　と、のぞきこまれるので、お、おいしいです、と答える。

おつゆを飲まずにいたら、おばさんがものすごくがっかりした顔になったので、あわてて飲みほす。全部飲み、ほっと息をつきながら見ると、空になったどんぶりの底に、ごまめのきれっぱしが一つ、さびしそうな感じにくっついていた。

一月某日　晴

断りきれずに、親類の家に泊まった。おばさんにのぞきこまれ、と、とまります、と答えてしまったのだ。

昼ごはんは、おせちの残り入りのぞうすい。ぞうすいのほうが、ラーメンよりもおせちに合う。

帰りがけに、裏庭の金魚のお墓を見せてもらう。棒が十ほども地面から突き出ており、それぞれに「照代」だの「正樹」だのと書いてあった。

少しおいた場所に、棒ではなく、中くらいの石が一つあるので聞くと、パンツ塚だという。古くなったシャツやシミーズならば、掃除用のボロきれとして活用して心痛まないのだけれど、パンツだけは、ぞうきんにしかねる。かといって、ごみ箱にそのまま捨てるのもいやだ。それで、二センチ四方ほどを切りとって、このパンツ塚に埋め、気休めとすることにした。考えてみれば、ずいぶんたくさんのパンツ片をほうむってきたものだ。

おばさんは、のぞきこみながら、説明してくれた。あ、あ、ありがとうございました、と言いながら、後じさりするようにして、おばさんの家を辞する。

一月某日　曇

朝早くに電話がくる。

出ると、開口一番、「巣箱コンテストに参加してみませんか」と聞かれる。「すてきな巣箱をつくって、みんなで競うんです」相手はほがらかに言い、こちらの返事を待つ。

すてきな巣箱。起きぬけのよくまわらない口でおうむ返しに言い、それから黙りこむ。

「すてきな巣箱、カワカミさんならきっと、上手につくれると思いますよ」相手は、ますますほがらかに言う。

どうしていいかわからず、受話器をにぎりしめたまま、もう一度ばかみたいに、すてきな巣箱、と繰り返す。

一月某日　雨

朝早くに、また電話がくる。

「あのね、今朝わたし、カワカミさんと一緒に入院してる夢見ちゃった」と言われる。

入院。またおうむ返しに答える。

「そうなの、六人部屋の、隣どうしのベッドで、なんだかこう、楽しかったなあ」

隣どうし。

「こんど、ほんとに入院しようね」

思わず、う、うん、と返事をする。してから気づいて、う、ううん、と言いなおすが、すでに電話は切れていた。しばらく、悩む。

たまやー。

二月某日　晴

寒い日。着ぶくれて外に出る。

写真展を見にゆく。一つめの会場には、死んだ魚や死んだ虫の写真が展示してあった。二つめには、いろいろな女の子の数年前と現在、という写真が並べられていた。三つめには、二人の写真家の人たちが新宿を撮った写真がかざってあった。

どの会場も、暑い。着ぶくれているぶんの、まず外套《がいとう》をぬぎ、マフラーをとり、セーターをぬぎ、チョッキをぬぎ、ロッカーのある会場ならばしまいこみ、ない会場ならどっさりと腕にかかえて、見た。

写真はそれぞれに怖かったりきれいだったりかっこよかったりでよかったのだけれど、着ぶくれを着脱するごとに、からだまわりの静電気がひどくなってゆくのには、往生した。最初のうちは、ものをさわるとびりっとするくらいだったが、最後の会場では前髪がずっと立ったままだった。前髪の、うわっつらが、ほよほよと一列にたちあがるのだ。

疲れたのでお酒も飲まずに家に帰り、電気をつけないままにセーターを脱ぐと、暗闇の中できれいな火花が散った。たまやー、と声をだしながら、何回か脱ぎ着して火花を散らし、楽しんだ。

二月某日　曇

数日前からこどもがインフルエンザにかかっている。うつるかな、うつるかな、とびくびくしていたら、案の定うつった。

午前中、まだ熱がなくて寒けだけの時にマーケットに行き、山ほど食料品を買う。帰ってから、ものすごい勢いで、煮こみうどんのおつゆ部分と、おでんをつくる。

つくり終えたころに熱が高くなって、ばったり倒れこむ。

二月某日　晴

お昼、うどんのおつゆ部分に、買っておいたゆでうどんを一玉入れ、煮て、こどもとわけあう。食後すぐにばったり倒れこむ。

夜、おでんをこどもとわけあう。すぐにばったり倒れこむ。

二月某日　雨

お昼、うどんのおつゆ部分に、買っておいたゆでうどんを一玉入れ、こどもとわけあう。ばったりと倒れこむ。

夜、おでんをこどもとわけあう。ばったり倒れこむ。

二月某日　晴

お昼、うどんのおつゆ部分に、買っておいたゆでうどんを一玉入れ、こどもとわけあう。そろそろこれ、おしまいだよね？　ずいぶん同じものを食べつづけてるよね？　と、こどもがおずおず聞くが、ばったりと倒れこむのに忙しくて、答えずに終わる。

夜、おでんをこどもとわけあう。ちくわぶとはんぺんが、ものすごくぼよぼよしてきたね？　と、こどもがおずおず言うが、知らないふりをしてばったりと倒れこむ。

二月某日　晴

お昼、うどんのおつゆ部分にそれまで入れたうどんのかけらがいっぱい浮いているものを、こどもとわけあってさらえる。ようやくこれで終わりだねえ。こどもがしみじみ言う。

夜、おでんの煮くずれた大根とちくわ（その二種類が最後まで残っていた）を食べる。だいぶ回復してきたらしく、突然しつこいものが食べたくなったので、バターをなめる。

お、おかあさん、それ、やめた方がいいんじゃないの。こどもに言われるが、聞こえないふりをしてなめつづける。

夜熱をはかったら、平熱になっていた。

くわがた専門。

三月某日　晴

電車に乗る。

隣に座っている人が、熱心に雑誌を読んでいる。虫の写真がたくさん載っている雑誌である。

降りぎわ、ぱたんと閉じた、その表紙を見ると、くわがた専門誌だった。くわがた。びっくりして、立ちあがったその人を見上げると、不思議そうに見返された。そんなにびっくりすることも、そういえば、ないのかもしれないな。思いながら、また下を向く。

駅を出て走ってゆく電車の揺れにつれて、「くわがた専門」「くわがた専門」という言葉が、頭の中で鳴りひびく。

なんだか、中途半端な気分。

三月某日　晴

電車に乗る。

隣に座っている人が、熱心にメールを打っている。つい、のぞきこむ。

「愛されることへの覚悟が、私にはないのかもしれません」という文章だった。

びっくりして、思わずじっとその人の横顔を見る。不思議そうに見返される。

そんなにびっくりすることも、ないのかな。思い悩む。

やっぱりびっくりした方がいいんじゃないかな。思いなおす。

そのまま横目でこっそり窺《うかが》っていると、その人は力をこめてボタンを押し、メールを送信した。それから携帯をかばんにしまい、なんでもない顔で、まっすぐ前を向いた。

びっくりした気持ちのぶつけどころがないまま、仕方なくわたしもまっすぐ前を向く。

三月某日　雨

新刊の電話サービス用の録音をおこなう。

その番号に電話すると、作者が自作を語る声が流れる、というサービスである。録音が終わってから、昔、「リカちゃん電話」にたまに自分が電話をかけていたことを思い出す。たしか、「はーい、あたし、リカです」という感じで始まるものだった。

リカちゃんの声を、ときどき無性に聞きたくなったのだ。聞きたくなるのは、たいがい真夜中だった。まっくらな居間の隅にある電話のダイヤルをジージーまわし、リカちゃんの明るい声を待った。

失恋、とか、人生に疲れて、というのではなく、ただへんにぽっかりした気持ちのときに、電話をした。リカちゃんの声を聞くと、おなかのへんがあたたまった。それからすぐに、またつめたくなった。たいがい、二回繰り返し、リカちゃんの声を聞いた。

三月某日　曇

手帳を見る。

「ます田さん」という字の下に、携帯電話の番号らしきものが書いてある。マスダさんという知り合いは、わたしにはたしか、いない。「ます」というひらがなも、なんだかきもち悪い。

数日前から「筑紫哲也」を「ちくしてつや」と読むのか「つくしてつや」と読むのか、わからなくなっているのとあいまって、ものすごく妙な気分。さらには「くわがた専門」という言葉が、この期におよんで頭の中に再浮上してくる。

混乱が深まるばかりなので、夜、たくさんキャベツを食べる。少し、おちつく。

長者。

四月某日　晴

「京都から筍《たけのこ》を十二本もらいました」という電話が、母からくる。

「十二本のうち、さて、何本をあんたにあげようと思っているでしょう」母はつづける。

う、う、と詰まっていると、たたみかけてくる。

「正解の場合は、その本数をあげます。不正解の場合は、一本もあげません」

ものすごく、あせる。母は嘘をつかない人間だからである。毎年実家に送られてくる京都の筍は、とてもおいしいのだ。ほしい。

しばらくあせった末、「ヒントは」と聞くと、母は即座に「五引く一」と答えた。

五ひく一？　つまり、四っていうこと？　でもそれって、そのまますぎやしない？　もしかして、ひっかけ？

心千々に乱れる。息が荒くなる。わたしの無言に業を煮やした母が、電話の向こうで朗々と秒読みをはじめる。じゅう、きゅう、はち、なな。母はいい声の人間なのである。ますますあせる。

しまいに覚悟を決めて、「四本！」と叫ぶと、母は朗々とした声をさらに美しく響かせて、「せいかーい」と答えた。

四月某日　晴

もらってきた母の京都の筍を若竹煮にして、昼に食べる。やっぱり、ものすごくおいしい。

満足して洗い物をしていたら、宅配便がくる。大きな箱である。開けてみると、掘りたての滋賀の筍が十五本、大小とりまぜて入っている。

夕方までかけて、ゆっくりゆでる。筍長者になった気分で、ほくほくする。

四月某日　晴

昨日ゆでた滋賀の筍を昼に食べる。今日は筍ごはんである。いける。満足して洗い物をしていたら、宅配便が来る。大きな箱である。開けてみると、掘りたての奈良の筍が十四本、大小とりまぜて入っている。夕方までかけて、ゆっくりゆでる。少し青ざめながら、夜は筍のバター炒めと、筍と鶏だんご煮と、筍の木の芽あえを食べる。

四月某日　晴

宅配便が朝早くにくる。どきどきしながら大きな箱を開けてみると、掘りたての京都の筍が五本、ずっしりと大きくそろって入っている。午後までかけて、ゆっくりゆでる。すでに大家さんにも近くの知り合いにもおすそわけしてしまっている。ビル・ゲイツとか孫正義といった長者の人たちの毎日も、もしかしたら嬉しいばかりのものじゃないのかも、と思いながら、ゆでたての筍の姫皮をはぐ。

夜は筍のそぎ切りに、筍と豚肉炒めに、姫皮の梅あえ。

夜中、ときどき冷蔵庫をあけて、大量の筍をじっと観察する。タッパウエアに満たした水の中に、筍はぷかぷかと浮かんでいる。薄クリーム色の、健康そうな十数本の筍。

ぜいたくもの、と自分をののしりながらも、つい筍をにらみつける。筍はしらんふりで、呑気《のんき》にぷかぷかと浮かんでいる。

金色。

五月某日　雨

中華料理を食べにゆく。

仕事の、打ち上げの会である。

人見知りをするたちなので、少しだけ一緒に仕事をした人たちとのこういう会では、いつものすごくどぎまぎするのに、なぜだかぜんぜん緊張しない。

調子にのって、たくさん喋って、たくさん食べて、たくさん飲む。

食事が終わり、「楽しかったですねー」と言いながら立ち上がると、ふとももや胸やおなかから、こぼしかすが、ざーっと床に落ちる。びっくりしてほかの人たちの床を盗みみるが、何も落ちていない。

みな、いい人たちなので、見ないふりをしてくれる。出口に向かいざま、すぐ横に座っていた人が、かすの中でもことにぬるぬるしたものを踏みつけてしまって少し滑るが、それでもみな知らんふりをしていてくれる。

帰り道、思い返して感極まり、手帳に大々と「みんな、ありがとう」と書きこむ。ものすごい筆圧で書いたので、紙が半分破ける。

五月某日　晴

雑誌をぱらぱらめくっていたら、寿司《すし》特集をしている。おいしそうなので、「まぐろー、こはだー、しまあじー、みるー」と、だらだら声に出しながら眺める。最初はあんまり何も考えないで声を出していたのだが、何回か繰り返して「まぐろーこはだー」とやっているうちに、少しずつ寿司欲が高まってくる。

十回めくらいになると、寿司欲はとてつもなく激しいものになり、しまいに、一年に一回だけ行くことにしている高いお寿司屋さんに電話して、「あ、あ、あした行きます」と発作的に言ってしまう。

五月某日　曇

夜、お寿司屋さんに行くことを考えて、気持ちが沈む。お金がないのである。銀行に行って預金をおろす。残高を見て、また気持ちが沈む。思ったよりずっと少ないのである。

寿司欲はすっかり褪《さ》めているのだが、予約してしまったので、夜とぼとぼと寿司屋へ行く。まぐろもこはだもしまあじもみる貝も、とてもおいしい。そのうちに、残高のことはすっかり忘れる。

千鳥足で帰る。風がなまあたたかくて、むっとした木の花の匂いがただよっている。

五月某日　晴

打ち合わせをしに、近所の喫茶店に行く。

奥の席は、靴を脱いであがることになっている。先に打ち合わせの相手が来ていたので、並んでいる靴の横に、わたしも履いてきたサンダルをぬぐ。

中に一足、金色の靴がある。小学生のうわばきと同じかたちをしている。こっそりさわってみると、材質もどうやらうわばきと同じキャンバス地で、甲にあたる部分にも同じく太いゴムが渡してある。

「きんいろ」とつぶやきながら、しばらくしゃがんでさわっていると、頭上に影がさす。

見上げると、打ち合わせの相手が、むっつりと立っていた。

「ど、どうにも金色で」と意味不明のことをあわてて言うと、相手は眉間に深い皺を寄せ、「それが?」と聞いた。

す、すみません、と声に出したいのに、声が出ない。心の中で、何回も「きんいろ」と繰り返す。汗がだらだら出てくる。

持ち物検査。

六月某日　雨

地下鉄で、きれいな男の子ふたりを見る。

一人は茶色い髪をくるんとさせ、濃いまつげをはやした眼《め》をしばたいている。もう一人は黒い髪をいくぶんか短めに刈り、黒目がちの眼をみひらいている。

それとなく会話に耳を澄ませる。

「だから、ナンバーツーが」

「こないだの定例会議、あれなあ」

「持ち物検査されるって勢いでしたよね」

「で、ともかくナンバーツーは」

どうやら二人ともホストであるらしい。

両人とも、繊細にとがった爪先の靴をはき、革の鞄を手にしている。スーツはばりっとプレスされ、白のシャツの襟はぴんと立っていて、なんだかとてもきちっとしている。

ただ、傘だけが、安っちい透き通ったタイプのものである。そこがまた、妙に色っぽい感じで、じっと見入ってしまう。

六月某日　雨

東京駅の近くの丸善に行く。

店に踏みいってすぐに、Yさんにばったり会う。一年半ぶりくらいである。よろこんで、挨拶して別れる。

二階にあがる。すぐに、Mさんにばったり会う。三年ぶりくらいである。少し驚いて、挨拶して別れる。

三階にあがる。すぐに、Rさんにばったり会う。五年ぶりくらいである。ものすごく驚いて、挨拶して別れる。

四階へのエスカレーターに立ちながら、次は誰に会うんだろう、二十年ぶりのO

さんとかだとこわいなあ、三十年ぶりのSさんだともっとこわいなあと、悩む。悩んだすえ、エスカレーターをのぼりきったところでくるりと方向をかえて、すぐ隣にある下りエスカレーターに飛び乗る。

そのまま出口まで、はんぶん目をつぶったまま、かけあしで急ぐ。

六月某日　雨

銀座に行く。

友だちの誕生日のプレゼントにと、「携帯用耳かき」を買う。立派な革のケースに入った、べっこうの耳かきである。

はたしてこれはプレゼントとして、上品なのか品が悪いのか、うまく判断がつかないまま、趣味のいい包装紙でケースを包んでいるおねえさんの手もとを、ぼんやりと眺める。

六月某日　曇

タクシーに乗る。

雨はいちにち降らなかったと思っていたのだが、フロントガラスに、水のあたった跡がいくつもついている。

「降ったんですか」と聞くと、運転手さんは「ああ、これ、これは樹液」と答える。

昼休みに車を停《と》めていたところの頭上に大きな街路樹があって、その樹液が、ずっとこまかく降りつづけていたのだという。

この季節は、雨だけじゃなく、樹液もいっぱい降るんだよ。運転手さんは言い、ちょっと肩をゆらした。

樹液ですか。繰り返すと、うん、樹液、と運転手さんは前を向いたまま頷き、ハンドルをぎゅっと握りなおした。

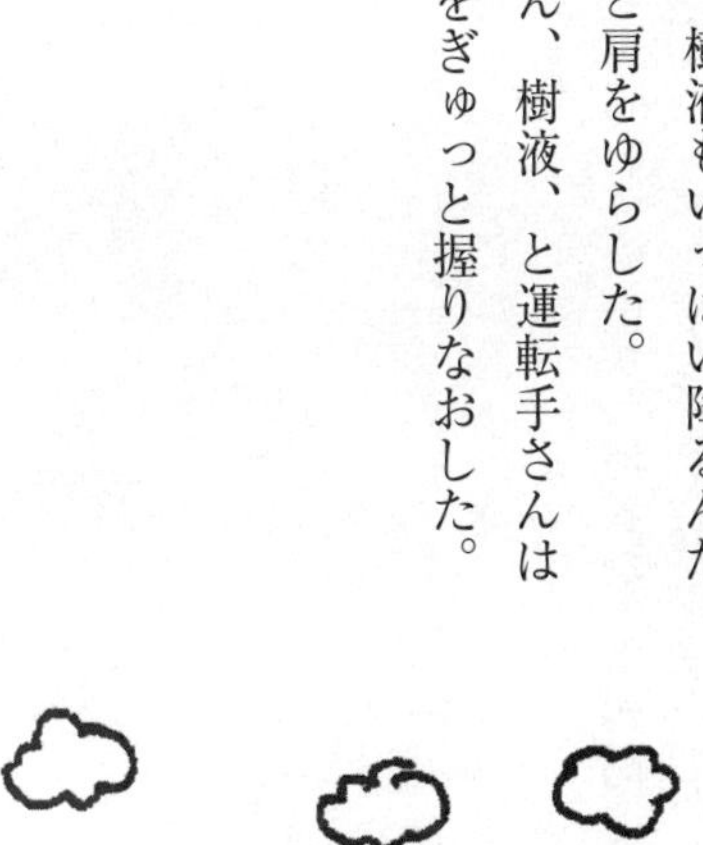

くだんのおしいれ。

七月某日　雨

湿って重い感じの一日。

夜、なかなか寝つけない。

ようやく寝入ったと思ったら、おしいれの中から何者かの声が聞こえてくる。声は、「ガ・ガ・ガ・ガ・ガ・ガ・ガ・ガ・ガ」と、九回鳴いた。びっくりして飛び起きる。しばらくすると、また九回、鳴く。さらに、九回。

くぐもっていて、ひらべったい声である。知り合いの誰の声にも、似ていない。とめどなく、鳴きつづける。十分たっても、二十分たっても、鳴きつづけている。

こわくなってふとんをかぶり、むりやりに寝入る。

七月某日　曇

朝になったら、もう声は聞こえなくなっていた。くだんのおしいれは、使っていないふとんや昔の衣類やアルバムが入っている。いつもは開けることもない。

怖いので、弟に来てもらう。弟は背が高くて坊主頭にしていて人をにらみつけると迫力のあるタイプなので、ちょっと心強い。

「ここのおしいれが、鳴いたのよ」と言いながら、弟のうしろに隠れる。ふうん、と言いながら、弟はおしいれの戸をあけた。とたんにまた「ガ・ガ・ガ」と声がしはじめる。

「あひるが住んでるのかよー、ここんちは」と言って、弟はおしいれの奥をごそごそさぐった。黄色っぽいものの端っこを弟がつかんだ、と思ったら、鳴き声はいちだんと大きくなった。

布製のあひるのおもちゃだった。腹を押すと、九回鳴くしくみになっているらしい。何かの拍子でお腹《なか》が押されちゃったんだね。笑いながら弟は言い、畳の上にあひるをぽんと放りだした。

「まったく大げさなんだから」とぼやきながら、弟はじきに帰っていった。引き止めたけれど、さっさと行ってしまった。

こんなあひる、一度も見たことないのに。

ぞわぞわと思いながら、畳の上に放りだされたあひるの黄色いお腹を、じっと見つめる。畳の上に、あひるは、いつまでもたらんと横たわっている。

七月某日　晴

ペッツの頭部分を、こどもからもらう。

ヨーダのかたちをしている。

よく見ると、「対象年齢十二歳以上」と小さく書いてある。

「どうして十二歳以上なのかな」と聞くと、こどもはしばらく首を傾《かし》げていたが、やがて、「十二歳より年下だと、ヨーダごと飲みこむ危険性があるんだよ」と答えた。

驚いて、「君も十二歳未満の頃は、こういうの見ると、容器ごと飲みこみたくなったの？」と聞き返すと、こどもは涼しい顔で、「そりゃそうだよ」と言った。

七月某日　晴のち雨

ヨーダペッツと、あひるが、こめびつの上に並べられている。こどもが置いたらしい。

「いやだよ、ここに並べるのは」と言うと、こどもは、奥のほうで笑っているような、でも表面は無表情、というような妙な顔をして、「ほんとは好きなんでしょ、こういうの」と低い声で言った。

ほんとは好きだったかな、こういうの。

おずおず答えると、こどもは無表情のまま、「ほんとはそうなんだよ」とゆっくり言った。とたんに雨がじゃあっと降りだして、空がまっくらになった。

こどもに気づかれないよう、夕方、ヨーダとあひるを洗面所の上の棚の奥に隠す。

雨は、夜まで激しく降りつづいていた。

まっとうな社会人。

八月某日　晴

七年ぶりくらいに会う相手と、渋谷で待ち合わせるために、電話でやりとりをする。関西在住の人なので、渋谷で明確な場所はハチ公しかないという。ハチ公ですか？　でもあそこ、難しいですよね。ハチ公で待って結局会えなかった人って、わたし、五人はいますよ。

答えると、相手は少し考えている。

でもカワカミさん。それって、迷って会えなかったんですか。それとも、たんに相手がすっぽかしたんですか。

落ちついた口調で聞かれる。

そ、そうでした。単に相手がすっぽかして会えなかったんでした。

思い出さないようにしていたその事実が、頭の中で、急激に再現される。あのとき忘れられたあの計画。あのとき無しになったあのイベント。あのときふられたあのわたし。

思い出しながら、持っている受話器を顔からできるだけ離し、いやな思い出に荒くなった息を、できるだけ相手に聞かせないようにする。電話の向こうで、相手が次のわたしの言葉をじっと待っている気配があるが、荒くなった息は全然おさまらない。かえってどんどん荒くなってゆくばかりだ。

八月某日　晴

ハチ公で待ち合わせ。

すぐさま会える。相手はごくまっとうな社会人なので、寝坊したり約束をうっちゃったりしないし、それにわたしたちは恋愛関係にないので、相手がわたしをふったりする必要もないからである。

恋愛はいやですねえ。

会うなり、嬉しそうに言うと、相手はきょとんとしていたが、ほんとにそうです

ねえ、と、一瞬後にはきっぱり答えてくれる。

やはり、まっとうな社会人は、いい。

八月某日　雨

知人の還暦のお祝い。

みんなで食事をしたあと、カラオケに行く。カラオケでは、「赤」のつく歌詞の歌ばかりをうたう。還暦だからである。

三時間ほどうたうと、たいがいの「赤」関係の歌はうたいつくされ、最後はみんな脱力してぐったりと座りこむ。

いちばんしまいに歌われたのは、ゴールデン・ハーフの「黄色いサクランボ」だった。この歌のどこに「赤」がでてくるのかは、すでに頭のぼんやりした一同にはわからなくなっている。

でも、黄色はなんとなく赤だしね。そうそう、それにさくらんぼだしね。丸くてつるっとしてるしね。などとつぶやきあいながら、還暦の人を囲むようにして、

「さくらんぼー」と、みんなで力なく合唱する。

八月某日　曇

夏休み最後の日。

道を歩いていても、子供の姿がない。みんみん蟬だけがやたらに鳴いている。ときおり遠くから、「休みがおわるのはいやだー」という、まだ声変わりもしていない子供じみた声が聞こえてくる。どこかの団地の上の方の階から聞こえてくるらしい。

「いやだー」という声が響いてからいったん静まると、それに答えるように、違う方向から「ほんとにいやだー」という声がする。

午後遅くまで、見知らぬ子供の声のやりとりは何回か繰り返されたが、五時半を過ぎると、ぴたりとやんだ。

ああ今年もほんとうに夏休みが終わったんだな、と思いながら、夕飯用の焼茄子《なす》を、グリルでじーじー焼く。

「ばばいい」な感じ。

九月某日　曇のち雨

選挙に行く。

近くの小学校で投票し、帰りに古本屋さんに寄る。小学校から古本屋さんまでの道筋の途中に候補者のうちの一人の家があるので、通りざま、じいっと見てみる。しんとしていて、人影はなかった。

見ている間に、突然雨がざあっと降り始める。冷たくて強い風も。不吉な気持ちになって、夜の選挙速報を、くいいるように眺める。なかなかわたしのところの地区の当選確実者は決まらない。

二時間ほどしたところで、昼間通った家の候補者ではない候補者が「当選確実」であると、字幕で出る。うわあ、やっぱりあの時の突風と雨が不吉な予兆だったんだと、がっかりする。

けれど、しばらくテレビを見つづけているうちに、字幕で出た「当確」が、選挙区の当選ではなく、比例区のものであることがわかる。ほっと胸をなでおろしていると、また字幕が出て、昼間の家の候補者が、結局は選挙区で当選したことが確実になる。

嬉しくて、祝杯をあげる。

寝入る前に、自分が投票した人が、比例区で当選した人でも、選挙区で当選した昼間の家の人でもなかったことを思い出して、びっくりする。

九月某日　晴

親類の子供二人が遊びにくる。

中学生の兄弟である。

お互いを呼びあうときに、それぞれの本名ではなく、「おいマリオ」「なに、ルイージ」と言いあっているので、理由を聞く。

「だって、お兄ちゃんとかって人前で言うのは恥ずかしいし、かといって名前を呼びつけにすると怒られるからさ」弟がまず答える。

「で、さんざん論議を重ねたすえ、マリオ、ルイージっていうわかりやすい一般名詞を使うことにしたんだよ」兄が続ける。

一般名詞？　聞き返すと、兄弟はきっぱりとうなずき、一般名詞だよ、と声を揃えた。

九月某日　晴

マリオとルイージの話を、知り合いにする。知り合いはゲーム好きなのである。

「で、それって、一般名詞なの？」聞いてみる。

知り合いはしばらく考えていたが、やがてのんびりした口調で、

「そういえば、ゲームでRPGをする時に、いつも主人公に『くめひろし』って名をつける友だちがいるよ」と答えた。

何がなんだかますますわからなくなって、茫然とする。

九月某日　曇

本屋さんに行く。

じっくり本を見ようと思い、店の端の棚から、丹念に一冊ずつの題名を眺めてゆく。

小型の体育館ほどもある店内の、半分くらいまで来たときに、目の前がぐらぐらしだす。どうやら、本の背表紙に酔ってしまったらしい。

壁にもたれ、目をつぶると、直前に見た本の題名に使われていた幾つかの文字が、頭の中でぐるぐる渦をまく。中でも、意味のわからなかった「ばばいい」という文字が、ゴチックのふとぶとした文字の形をとって、頭じゅうにのび広がってくる。

意味がわからないままに、「ばばいい」な感じで、めまいはしばらく続いた。

ほかに踊りを知らない。

十月某日　晴

暑い。

もうすっかり秋という時節のはずなのに、まだ半そでのTシャツである。

一日原稿を書く。

机の隣にある電話が、そういえば一回も鳴らなかったことに、夕方気づく。

十月某日　晴

まだ暑い。少し動くと、汗がでてくる。

午前中掃除をして、午後は原稿。

今日も一日、電話は鳴らなかった。

十月某日　曇

書き上げた原稿を、ファックスで送る。

印刷した紙の束をとんとんと机でそろえ、電話機の上側にさしこむ。受話器をあげて相手のファックス番号を押し、それから受話器を耳にもってくる。

いつもならば、「つー」という音がして、それから静かに紙が下側から出てくるはずなのに、「つー」もないし、紙もぜんぜん動かない。

力をこめて紙を押しこんだり、呪文をとなえたり、電話の前で踊ったり（東京音頭を。ほかに踊りを知らないので）してみたけれど、やっぱり電話はうんともすんとも言わず、紙も微動だにしなかった。

電話機が故障してるんだ、と気づく。そういえば、このところずっと電話が鳴らなかったのも、そのせいだったのだ。

青ざめる。

十月某日　晴

まだ電話は鳴らない。修理していないので当然なのだけれど、しばらく休ませたら復活するのではないかと期待しているのである。

念のため東京音頭を三回踊ってみたけれど、効果はなかった。

十月某日　雨

あきらめて、電気屋さんに電話を買いにゆく。白くて、熊みたいな顔の電話を買う。

帰ってから、すぐにつけ替える。とりはずしたばかりの壊れた電話を、じっと眺める。こちらは、黒くて、犬みたいな顔をしている。お別れだね、と言いながら、最後の東京音頭を踊ってやる。

あんまり喜んでいないみたいな感じがしたけれど、なにしろほかに踊りを知らないので、きちんと最後まで踊りきる。

十月某日　曇

突然寒くなる。

ずっとこの日を待っていたのだ。わたしは手足を露出する夏服よりも手足を隠す冬服のほうが、ずっと似合うのである。

待ちかねてずいぶん前から簞笥につるしてあったオーバーを着てみる。むろん、まだ毛織物には早いけれど、部屋の中ならかまわないのだ。

鏡にオーバーを着た自分を映してみる。じいっと、鏡に見入る。自分だけで見ているのが、もったいなくなる。玄関まで行く。扉をちょっとだけ開けてみる。誰もいないので、もう少し開ける。半身を外にさらす。

思いきって、外にふみだす。くるりとまわる。オーバーの裾がちょっと広がる。暑い。でも我慢する。

スキップしたり、階段をのぼりおりしたり、東京音頭のさわりを踊ってみたりする。

まだ誰も来ない。

十五分くらい外にいたけれど、結局最後までわたしのオーバー姿を見てくれる人はいなかった。

ふん、と言いながら、でも半分ほっとしながら、部屋に戻る。

ものすごく複雑な「わん」。

十一月某日　曇

タクシーに乗る。隣を、バイクが併走している。バイクの運転をしている男は、股の間に荷物を置いている。大きな、籠である。

信号で、止まる。バイクも真横に止まる。じっと見ていると、籠はときどき動く。男がふとももではさんでいるので、男の動きにつれているのかと思ったが、違うようだ。かたかたと横揺れしたかと思うと、脈絡なく前後にふれたりする。

信号が青に変わる直前に、突然籠から何かがにゅっと出てくる。茶色い、きょとんとした表情の、犬の頭だった。

犬は「わん」と吠《ほ》え、バイクは発進した。犬はすっと頭を引っこめ、籠の中でもう一度「わん」と鳴いた。

バイクが速いスピードで走ってゆくので、「わん」にドップラー効果がかかり、ものすごく複雑な「わん」に聞こえた。

十一月某日　晴

仕事先でお弁当が出る。

ゆでた栗が入っている。皮は剝かずについたままの、半分に割ってあるものだ。指先で皮をはずそうとするが、できない。仕方なく、割り箸の先っぽで、ほじる。割り箸の先は太い。ほじると、栗の実は粉々になってしまう。粉々になったものを、てのひらに受けて大切に食べる。とてもおいしい。でも、粉々になった実と割り箸の感じが、何かに似ているようで、気になる。

かわいた耳くそタイプの人の耳を、木製の耳かきでほじった時と、そっくりなのだということに気づく。食べおわってから気づけばいいものを、食べている最中に気づいてしまったので、困る。でもおいしいので、食べ続ける。

そばで、これも栗をほじっている人に、教えたくてしょうがなくなる。でも我慢する。

苦しいが、うん、と気張って、我慢する。

十一月某日　晴

粗大ゴミを出す。

古くなった布団と、折れてしまったモップと、壊れたオーブントースターである。

布団に粗大ゴミ用のシールをはり、市役所の人の指示に従って、モップとトースターには自分の名字を書いた紙をはる。

名字の紙をはったとたんに、捨てるのが惜しくなる。朝八時までに出して下さい、と市役所の人に言われていたが、八時半に出す。もしかすると八時半前に来て、荷物がないのであきらめて手ぶらで帰ってくれるかもしれないと期待してのことである。

三十分おきに、こっそりゴミ置き場に行って様子をうかがう。十時半まではあったが、十一時に行った時にはもうなくなっていた。

もう二度とあの子たちには会えないんだ。悲しい気持ちで、思う。

十一月某日　晴

布団とモップとトースターのことを思って、気が沈む。

でも午後になると、もうあまり悲しくなくなっている。よく考えてみると、使わない布団が場所をとっていたので物が収納できなかったし、折れたモップを使って腰をひねったので数日寝こんだし、どんなに調整しても言うことをきかないので、トーストはいつも黒こげだった。

せいせいしたよ。晴々とした気持ちで、つぶやく。

夜になって、また少しだけ悲しくなったけれど、知らないふりをして、テレビの天気予報を大音量にして見る。悲しい時の、気のそらしかたの、一つなのである。

迷いなく購入。

十二月某日　晴

電車に乗る。

いちばん後ろの車輛《しゃりょう》に移動するために、走行している電車の中を、歩いてゆく。揺れが激しい。

連結部の扉をあけ、次の車輛に踏みだし、うしろ手に扉をしめたところで、ひときわ大きな揺れがくる。

瞬間、つかまるところを見つけられずに、目の前に座っている人に向かって倒れこんでしまう。

気がつくと、よく日に焼けて肩はばの広い、地下足袋をはいたおじさんの、膝の上にすわっていた。

「ご、ごめんなさい」と、ものすごく大きな声で言い、あわてて立ち上がる。

おじさんは何か言いかけるが、しばらくのあいだ口を中途半端にあけてから、あきらめたように、

「まあ、しかたねえよ」と答えた。

どぎまぎしながら、また歩きだす。振り向いておじさんを見たいけれど、あんまりどぎまぎしているので、できない。

よろけながら、次の連結部の扉に手をかける。まだ振り向くことが、できない。胸の中が、かあっと熱くなっている。

十二月某日　晴

また電車に乗る。

後ろの車輛に移動中、大きく電車が揺れて、また見知らぬおじさんの膝に倒れこみそうになる。でも今度は、膝には座らずにすむ。

おじさんは、やっぱりよく日に焼けたおじさんで、けれど地下足袋ははいていない。なめらかなジャンパーを着た、この前とはちょっと違うタイプのおじさんみた

いだ。

「すみません」

と謝ると、おじさんは、

「いえ」

と、そっけなく答えた。

同じおじさんだったら、ここで恋が芽生えたかもしれないのにな。

夢想しながら、車輛を移動する。

十二月某日　晴

久しぶりに、物欲が強くなる。

いつもは、スーパーマーケットで買い物をするだけでじゅうぶんに満たされるはずの物欲が、それだけではぜんぜん足りない感じ。

隣町に出て、ほうろうの高級漬物つぼを買う。アルミの大きな四角い缶も買う。加えてごみ箱を二つ、それでも足りなくて、最後はまだ生きている大きな蛸を一匹、いつもは素通りする高級魚屋で、迷いなく購入する。
腕いっぱいにかかえた大荷物の中ほどで、かすかにうねっている蛸の足の振動を、おなかのあたりにたしかに感じながら、満足して家路をたどる。

十二月某日　晴

おおみそか。
年賀状を書きながら、来年の目標を考える。二つ、思いつく。
一つは、「よくうがいをする」。
もう一つは、「くつしたを裏返しにはかない」。
とても難しい目標だけれど、守れるよう頑張ろうと、強く決意する。

こするわよ。

一月某日　晴

商店街の靴屋さんに行く。

黒いのを一足選び、レジにもってゆく。お金をはらい、帰ろうとすると、店主のおじさんが、

「あらあ、そういえば、あれ、する？」と聞く。

わたしの答えを待たず、おじさんは、跳ねるようにして店の奥へひっこむ。白い帽子箱を小わきにかかえ、すぐに戻ってくる。

「はい」とさしだした帽子箱の、ふたのまんなかには、カッターで切り取られたらしい穴があいている。

「一枚、ひいて」おじさんはにこにこしながら、言った。

こわごわ手をつっこみ、一枚取り出す。スクラッチカードである。

「こするわよ。いい？」おじさんはまたいちおう聞くが、やはりわたしの答えを待たず、胸ポケットにさしてあったかぎ針を手にする。それから、かぎ針の先っぽでカードの銀の部分をこすりはじめる。

「かぎばり」茫然としながらつぶやいているうちに、銀色部分は全部きれいにはがされ、「はずれ」の文字があらわれる。

「残念でしたー」おじさんは言い、また跳ねるようにして店の奥に引っこんでいった。

一月某日　晴

上の階に住んでいる赤ちゃんと、階段ですれちがう。

このごろ階段を一人でのぼれるようになったらしい。嬉しそうに手すりを握り、一歩一歩じっくりと踏みしめてゆく。

すれちがいざま、

「おしごと」

と、赤ちゃんは言った。ものすごく明瞭な発音、ほかの言葉はなしで、ただ一言、

「おしごと」

である。

一月某日　曇

また赤ちゃんとすれちがう。

今日のお言葉は、

「おどろいた」

だった。

一月某日　雪

赤ちゃんの今日のお言葉。

「しろい」。

一月某日　晴

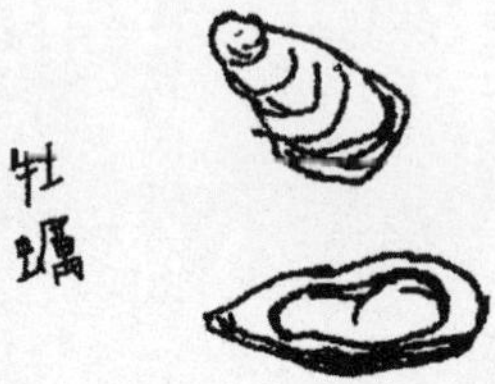

おとといの雪の日は、近所にたくさん雪だるまがつくられていた。

二日後の今日、みまわってみると、おおかたのものが崩れて形をなくしている。一つだけ、目が赤い実、手が枯れ枝でつくられていた美しい造形のものが、溶け残った胴体部分を生かして、雪うさぎにつくり変えられている。枝は耳に流用し、目の赤い実はそのままで、これもなかなか形がいい。

「だるまうさぎ」と名づけて、鑑賞する。

何回か、「だるまうさぎや」と呼びかけたが、あんまりうれしそうには見えなかった。どちらかといえば、迷惑そうに見えた。

ちょっとにくらしくなって、枝でつくられた耳を、かたむけてやる。

（あっ、手向かいできない弱い者をいじめてしまった）と、すぐに後悔したが、直すのも癪で、どっちつかずな気持ちのまま、だるまうさぎの前でいつまでもぐずぐずしている。

ちなみに、今日の赤ちゃんのお言葉は、

「ももてなし」。（おもてなしの意か？）

五キロあったのよ。

二月某日　晴

このところ、「少しずつ食べすぎ」になりつつある。

「少しずつ食べすぎ」は、「急に食べすぎ」よりも、始末に悪い。

「急に食べすぎ」は、いつもはごはんを一膳でやめるところを三膳食べて、おまけに揚げものや駄菓子なんかもどんどん食べてしまう状態である。体重は一瞬すごく増えるが、胃がびっくりして、脳みそを「こらこらだめだめ」と叱るので、じきに食欲はおさまる。

いっぽうの「少しずつ食べすぎ」の方は、ごはん一膳が一膳と四分の一に増え、おかずだって、肉百グラムだったのが百十グラムくらいに増えるだけなので、胃もがみがみ言わないし、体重だってほとんど増えない。

でも、五日くらいたってみると、食べる量は「急に食べすぎ」とほとんど変わらなくなるし、変化が漸進的なので、胃も脳みそも異を唱えず、少しずつ増えた体重は定着してしまう、という寸法だ。「少しずつ食べすぎ」になりつつある体を止める手段は、この世の中に、存在しない。

　青ざめる。

二月某日　雨

　ようやく「少しずつ食べすぎ」を脱する。脱する、といっても、食欲の頂点を極めたあと、増えていったのよりももっと遅いペースで食欲が減ってゆくのを、他人ごとのように眺めていることしかできない。

　いやな気持ちなので、ビデオ（去年の暮れに友だちがくれたヤモリの成長ビデオ。しろうとの手作りなので、映像は荒れているし、音声は切れ切れだし、面白みにも欠けるが、ヤモリの歩くさまだけはかわいい）を終日見て過ごす。

二月某日　曇

久しぶりに体重計に乗る。セーターを二枚に、毛織の長いスカート、靴下も重ねばきする。重かったときの言い訳（着ていたものが五キロくらいあったのよ云々）用である。

案じていたほどは重くないので、喜び、少しずつ脱ぐ。最後はパンツとTシャツだけになって、体重計に乗る。

ほぼ素裸での体重は、元のものより一キロ重いだけだった。わーいと叫び、部屋じゅうを跳ねまわる。薄着なので寒いが、喜んでいるので、平気だ。

ひときわ大きく跳ねた拍子に、かもいに頭のてっぺんをぶつける。ものすごい勢いだったので、一瞬気を失う。気がつくと、おなかがめくれたTシャツとパンツ姿で、床にあおむけになって倒れていた。

二月某日　曇

夜中、ひどい頭痛。

昨日かもいに頭をぶつけたせいかと、あわてて近所のお医者さんに行く。頭をぶつけたことを微に入り細をうがち説明する。ふんふん頷きながら説明を聞いたあと、お医者さんはていねいに診察し、ほほえみながら、

「ただの風邪ですねえ」と、断言した。

ほっとしながらも、ちょっとだけ、くやしい気持ち。

二月某日　晴

上の階の赤ちゃんの、今日のお言葉。

「ぎんこう」。

くぜさん。

三月某日　曇

近所の、草ぼうぼうの庭の家の見まわりに、久しぶりに行く。草ぼうぼうが好きなので、年に三回か四回、定期的に眺めに行くのである。この前行ったのは十二月で、リュウノヒゲが疲れた感じに色あせていたのに、じっと眺めいった。

今日は、馬酔木《あしび》を見た。すずらんに似たかたちの、ふちがうすもも色の白い小さな花の連なりが、幾房もぼったりと垂れている。

帰ってから「馬酔木」を辞書でひくと、「全株が有毒、牛馬が食うと麻痺《まひ》する」と書いてあった。

知らないうちにかじってしまったことがかつてなかったかと、不安になる。

そんなはずはないし、万一かじっていたとしても、わたしは牛でも馬でもないんだからと、自分をなだめるが、一日じゅう不安は去らなかった。

三月某日　曇

くぜさんの訃報をうける。

くぜさんは、いつも「くぜさんです」という書き出しでファックスをくれた。ファックスの字は達筆で、必要なことだけがじゅうぶんに書かれていた。『色ぼけ欲ぼけ物語』（四十六ページ参照）のことも、そういえば、教えてくれたんだった。

わーわー泣きたかったけれど、わーわー泣く女は嫌いそうなくぜさんだから、我慢した。くぜさんとみんなでうつっている写真をひっぱりだして、くぜさんのところを何回も撫《な》ぜた（きっとくぜさんはそういうのも嫌いだろうけど、泣くのを我慢しているからくぜさん堪忍してくださいな、とお願いしながら、何回も撫ぜた）。

三月某日　曇

三階の赤ちゃんのお言葉。

「だっこう」。

たぶん、学校のことだろうと思うけれど、くぜさんの突然の逝去のことで気が弱っているので、推測能力が働かなくなっている。

「がっこう？」と、赤ちゃんに聞き返してみると、赤ちゃんは、

「だっこう」と、胸をそらしながら断言した。

なんだかよくわからないけれど、少しだけなぐさめられた気持ち。

三月某日　曇

赤ちゃんのお言葉。

「ぼく」。

僕、の次に、何が続くのか待ち構えたけれど、何も続かなかった。

「僕、どうしたの？」と問うと、また、

「ぼく」

とだけ、少しはずかしそうな、でも自信に満ちた声で、断言する。

くぜさんのファックスの、簡潔な感じを思い出して、うつむいてしまう。

赤ちゃんは、ふしぎそうな顔で、もう一度、

「ぼく」

と言い、にっこりした。

悲しくて、かわいくて、ああ、赤ちゃんというものは本当に赤ちゃんらしいものなのだなあ、と感心しながら、赤ちゃんの頭を何回か撫ぜさせてもらった。

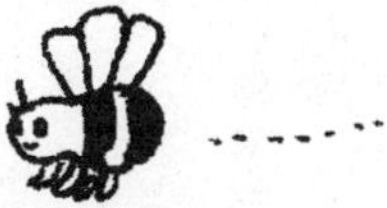

大きなかえる。

四月某日　晴

電車に乗る。

ぼんやりと、停車駅の壁にかかっている看板を読む。

「Kレディースクリニック　婦人科癌《がん》検診・不妊治療・妊娠相談・更年期相談・ピアス」とある。

「ピアス」の位置づけが、どうにもうまく理解できなくて、悩む。

四月某日　晴

自転車で、府中の運転免許試験場まで免許の更新に行く。

試験場に着く少し前に、道が下り坂になりはじめる。しばらく下って、それで終わりかと思っていたが、ぜんぜん終わらない。いつまでも、下りつづけている。

十分以上も下ったあと、ようやく道が平らになる。振り返って元来た道を眺めあげるが、標高差が激しくて、てっぺんが見えない。

か、かえり、ど、どうしよう。心の中でおののく。ぽかぽかと日が差して、桜が満開で、試験場にある駐輪施設の横には献血車が二台とまっている。その前を、ずっと（ど、どうしよう）と思いながら、ふらふらと自転車を押して歩いてゆく。

四月某日　晴

散歩をする。

図書館の近くの、新築の家がたくさんある一角を歩く。

どの家にも出窓があり、それぞれに工夫をこらして飾りつけている。

一軒だけ、巨大なスヌーピーのぬいぐるみの、首だけをころがしてある出窓があって、たまげる。

四月某日　晴

また電車に乗る。

車輌の中ほどで、桜餅の匂いがする。立ちどまってしばらくかいだあと、隣の車輌に移動する。隣の車輌の中ほどでは、水たまりの匂いがした。

春先は、ときどき、こういう「匂う日」がある。

四月某日　晴

友だちに、ちょっと、お説教をしてしまう。

神妙に聞きいったあと、友だちは、「かわかみさん、今日はなんだか、大きなかえるみたいに、いばってる」とつぶやいた。

四月某日　曇

今日の赤ちゃんのお言葉。

「いぬごはん」。

一瞬、混乱する。

混乱したまま、階段の途中でにこにこしている赤ちゃんをじっと見ると、もう一度赤ちゃんは、

「いぬごはん」と、はっきりした発音で、くりかえした。

何か裏がある。

五月某日　小雨

少し歩いたところにある古本屋に行く。

店のすぐ横に、あさぎ色のスーツを着た女の子が、人待ち顔で立っている。傘も、あさぎ色。

二冊買って店を出ると、あさぎ色の女の子が泣いている。さっきはいなかった、自転車にまたがったままの男の子が、女の子に並ぶようにして、うつむいている。だってそんなのひどい。あのとき言ったじゃない。でもあたしやっぱり。だからそうじゃないのに。泣きごえで、女の子は訴えている。

聞こえてくるのは女の子の声ばかりだ。男の子は、自転車からおりようとせずに、むっつりしている。口はときおり動くのだが、声は届いてこない。

見ないふりをしながら、道を渡って少し遠ざかってから、もう一度用のあるふりをして渡って戻る。そのあいだじゅう、ずっと女の子ばかりが、くどきつづけている。

あさぎ色が女の子の肌にうつって、女の子の顔の色が、仄《ほの》ぐらい。男の子のほうは、雨に濡《ぬ》れて髪が額にはりついている。もう少し見ていようかと思ったけれど、昔のうまくゆかなかった恋愛の記憶が突然どっとおしよせてきて、ものすごおい感じの気持ちになったので、家まで駆けて帰る。

五月某日　晴

昨日古本屋に行った時に着ていたTシャツを、つづけて着る。

雨の匂いが、まだ残っている。

しばらくするうちに、匂いは消える。今日は暑い日で、かわいていて、洗濯びより。

でも昨日の「ものすごおい気持ち」がまだほんの少し後を引いているので、洗濯はしない。なまける。

五月某日　曇

スーパーマーケットに行く。

魚売り場で、見知らぬおばあさんに話しかけられる。いわく、このまぐろはどうして五百円均一なの。このまぐろはみんな本当におんなじ目方なの。このまぐろの中でいちばん筋のないのは、どのパック。このまぐろはいやにあざやかで赤いけど、何か裏があるんじゃないでしょうね。このまぐろはいったいどんな顔をしたまぐろだったの。このまぐろに名前をつけるとしたら、あなた、なんて名にする。

逃げどきをのがして、立ちすくむ。おばあさんとわたしの周囲三メートルには、透明な囲いがめぐらされているような感じで、誰ひとり立ち入ってこない。

五月某日　晴

今日の赤ちゃんのお言葉。

「ひとが　のぼってきた」。

ぶ、文章になってる。思わずさけび、茫然とする。これ以上ちゃんと喋るように
なると、もう赤ちゃんではなくなってしまう。
どうしよう、とつぶやきながら、階段の上でにこにこしている赤ちゃんを見上げ
る。
「ひとが　のぼってきた」
もう一度言い、赤ちゃんはわたしを指さした。ほっぺたがぷくんとしていて、お
でこが広い。赤ちゃん。心の中でつぶやく。赤ちゃん。もう一度。
赤ちゃんは、にこにこしながら、じっとこちらを見ている。

「勝ったな」。

六月某日　曇

半月ほどぐよくよしていたけれど、赤ちゃんが、もう赤ちゃんではなくなってしまったことを、ついに認めることにする。

先月の「ひとが　のぼってきた」につづき、数日前には、「むしが　とんでるくろい」と高らかに宣言していたからである。

赤ちゃん卒業残念会を一人でこっそりしようと思い、魚屋に行く。立派なヤリイカと、おいしそうなかつおと、まぐろの中おちがあって、どれがいちばん赤ちゃん卒業にふさわしいか、迷う。

さんざん迷ったすえ、ヤリイカに決める。かつおもまぐろも、ちょっとなんだか、アダルトすぎる感じがするので。

にんにく炒めにしたイカをしずしずと食べながら、「赤ちゃん」あらため「元赤ちゃん」の行く末を、しんみりと思う。

六月某日　雨

電車の、横の席に座っている男の子（大学生くらいか？）二人の会話を、ぬすみ聞きする。

片方が、アルバイト先の居酒屋の制服について、説明している。

「ほらあのさあ、ゆかたみたいな感じの」「うちの店は緑色でさ」「ゆかたっていっても、下はもんぺみたいで」「じじいとかがよく着てる感じのやつ」

いろいろ説明するのだが、男の子はその制服の名称を思い出せないらしい。「なんて言ったたっけ」「ここまで出てきてるんだけど」「カノジョなら知ってるんだけどなあ」

それはきっと作務衣《さむえ》に違いないので、男の子たちに教えたくてうずうずする。そのうちに男の子が「カノジョにメールして聞いてみるわ」と言いだす。素早く、男の子は、メールを打つ。しばらくして、返事が来たらしい、携帯電話がぶるぶると

「勝ったな」。

震える。

ようやく正しい名称を男の子たちが知ることができることにほっと胸をなでおろしながら、聞き耳をたてていると、男の子は嬉しそうに、

「『ぐんしゃ』だわ」

と、連れの男の子に教えた。

なでおろした胸が、ふたたびつまって、ものすごく苦しくなる。そっと「さむえ」とつぶやいてみるが、男の子たちは、むろん見向きもしない。

六月某日　雨

近所の「すみれ荘」を見にゆく。

すみれ荘は、二階建て木賃アパートで、人一人がようやく通れるくらいの狭い路地のどんづまりにあって、一階のいちばん奥がいつも空き部屋になっていて、郵便受けがかたまってあるあたりの天井からは、大きな動物の白骨がつるしてある。

すみれ荘を発見したのは去年の雨の日で、以来雨の日にはときどき、すみれ荘を

見にゆくことにしている。

今日もすみれ荘は人けがなくて、白骨はかすかに吹いている風に、ぶらぶらと揺れていた。

六月某日　曇

自転車で遠出する。

隣町で、「かたばみ荘」というアパートを見つける。

すみれ荘と似たつくりだが、壁はそっけない茶色だし、白骨もつるされていない。

勝ったな、うちの町が、と思いながら、肩をそびやかす。そびやかした後、自分の大人げなさにちょっとだけ恥じ入り、反省する。でも、ちょっとだけだ。ほんとうのところは、やっぱり勝ってるよな、すみれ荘、と誇らしく思っているのだ。

青春のばかやろう。

七月某日　雨

本を読んでいたら、「そのとき私は上機嫌で」という文章がある。

そういえば、いちばん最近自分が上機嫌だったのはいつだったろうかと、思い出してみる。

ぜんぜん、思い出せない。

一杯機嫌、とか、屠蘇《とそ》機嫌、とか、ほろよい機嫌、などの、お酒が原因での上っ調子はあるが、堂々とした「上機嫌」は、ない。

なんとなく、肩身が狭い感じ。

七月某日　雨

ひとつ今日は上機嫌になってやろうと、いろいろやってみる。

まず、よそゆきの傘をさして、はねのあがりにくい靴もはいて、隣町まで歩く。デパートに入って、かねがねほしいと思っていた服を、思いきって二着買う。つぎに、駅ビルの地下街へ行く。一度入ってみたいと思っていた食堂に入って、えびカレーの大盛りを頼む。残さず、たいらげる。

つぎに、廃ビルの中庭に無断で入りこんで、ぐるぐる歩きまわってみる。

最後に、川沿いの誰もいない岸辺に立ち、「青春のばかやろう」と叫んでみる。

やりたいと思っていたことを全部実行し、しばらくのあいだは上機嫌でいる。夜中の十一時くらいまでは、高揚した気分がつづく。

十一時三分すぎくらいに、突然、「でもあたしがつねづねやりたいと思ってた事って、こんなにちゃちいことばっかりだったんだ？」と思いついてしまう。

しゅーっという音をたてて、上機嫌の袋から、空気がぬけてゆく。

七月某日　雨

ひさしぶりに、俳句をつくってみる。

破調の句である。

「ごきぶり憎し噴きつけても噴きつけても」

前日、まっくろく充実したやつを取り逃がして、くやしい思いをしていた気分が、如実にあらわれた作なのではあった。

七月某日　曇

人に殺されかける夢をみる。

包丁で、胸を刺されるのだ。

その人（実在）は、わたしに迷惑をかけた（現実世界で実際に）のだが、面と向かって抗議する気概がわたしにはないので、夢の中で文句を言っているのだ。

そうですかー、それは申し訳ありませんでしたー、こうなったらもうあなたを殺して汚名をそそぐしかないですねー。そんなふうに気楽に言いながら、その人は突然包丁を出すのである。

わかりました、それじゃあそのことは、もう無しにします、無しにしますからね、包丁はしまって、お願いだからしまってしまって。軟弱な感じで、わたしは言っている。するとその人はあっさり包丁をしまい、ひ、ひ、ひ、と笑いながら、走って去ってゆく。

目覚めると、びっしょり汗をかいている。頭は、夢からさめきれずに、ぼんやりしたままだ。脈絡なくいろんなことが頭をよぎり、たとえばそれは、昔飼うはずだったけれど手違いでほかの家にもらわれていってしまった犬のふわふわしたしっぽだったり、昨日食べた鯵《あじ》のひらきの骨からとれきれずにくっついている身だったり、いつも家の前の電線にとまっている中くらいのからすだったりする。

生きていくって。

つぶやき、目をしばしばさせる。

ぜんぜん気にならない。

八月某日　晴

岡山の友だちから、桃が届く。

箱を開けたとたんに、部屋じゅうが桃のにおいになる。

あんまりいいにおいなので、ほかのにおいを混じらせてしまうのがもったいなくて、夕飯のしたくを止《や》めにすることに決める。

午後じゅうにおいをかいで、うっとりする。夕方になってこどもが帰ってきた時にも、うっとりしつづけている。

「夕飯、今日は、なに」と聞かれたので、「ないよ」と答える。

ものすごく嫌な顔をされたけれど、なにしろ桃がいいにおいなので、ぜんぜん気にならない。

八月某日　晴

まだ部屋に桃のにおいが満ちている。

どうしても夕飯のしたくにかかれない。

昨夜は近所のお弁当屋さんでくしカツ弁当を買ってきたのだけれど、今夜はピザをとることにする。

こどもは何も言わない。ちょっと不安な気持ち。

八月某日　雨

雨なので、ひとしお桃のにおいが立つ。

今日こそはきちっとした夕飯を作ろう、と思って冷蔵庫を開けるが、気が乗らない。桃にだか何にだかよくわからないけれど、うしろがみをひかれる感じ。

うろうろ迷っていると、うしろからこどもが、

「長年夕飯つくってきたから、もう体が飽き飽きしちゃって、ちょうど桃がきっかけで、二度と夕飯がつくれない体質になっちゃったんじゃないの？」と聞く。

どきどきする。そうだったらほんとうに困る、という気持ちと、そうだったらしめしめ、という気持ちがまじりあって、ものすごく、どきどきする。

八月某日　曇

夕飯をつくる。

ぜんぜん体質は変わっていなかった。

つまんなーい、と言いながら、小松菜をゆで、かぼちゃを煮、さんまを焼く。さんまはじゅうじゅういってすごくおいしそうだったけれど、まともなおかずばかり作る自分がいまいましいので、イカ塩辛の生クリームバルサミコ酢あえをつくってみる。

おかずに加えて食卓に置いたけれど、誰も食べてくれなかった。しかたなく自分で食べたら、あんのじょう、ものすごくまずかった。

八月某日　晴

この夏はじめてのつくつくぼうしの鳴き声を聞く。

夏休み中にしようと計画して、結局はできなかったあれこれを、思い返す。

いろいろあるけれど、いちばんできなかったのは、「節制」。

節制にもいくつかあるけれど、ともかく、どの節制も、だめだった。

三分間しっかり反省して、終わりにする。

たったの三分しか反省しないから、節制もだめなんだねおかあさん、というこどもの声がうしろから聞こえてきたような気がしたけれど、空耳だった。安心して、こっそりしまっておいた上等のおせんべい（もったいないので、こどもたちにはやらない）を取り出して、ぱりぱり食べる。ぱりぱりさせながら、一瞬「節制」という言葉を思い出すが、三分間の反省をすませた後なので、ぜんぜん気にならない。

趣味はサラリーマン川柳。

九月某日　晴

暑い日。

前日の夜に、台所の流しの中に置いてあるステンレスのたらいに水を張ったままにしておいたものを、朝流したら、たらいの底がなんだかぬるっとしている。

さては、暑い季節にしばしばあらわれる「ぬる」が、まだこのあたりをうろちょろしているな、と、こころする。

「ぬる」は、深みのある容器の底などに、出現する。蛇口のまわりにもいるし、排水口のあたりにもいる。ときどきは、玄関のたたきの、床との境の、奥まったところにもいる。ごみばこの、ふたの裏にも少しだけいるし、雨ざらしになっている器物の表面には、うじゃうじゃいる。

「ぬる」は、乾くと死滅する。けれどふたたび濡れるや、すぐさま生きかえる。ミジンコが乾いて粒のようになったものを水に放つと、生きかえって泳ぎまわるような感じで、「ぬる」は生息しているにちがいない。

「ぬる」は、性質は温厚だけれど、執念深いところがある。口癖は「閑話休題」。趣味はサラリーマン川柳。肉親の縁にうすく、両親とは早くに死別。兄と妹が一人ずついるけれど、二人とも外国に住んでいる。食べ物の好き嫌いがけっこう多い。独楽《こま》のコレクションをしている。

コレクションの独楽ごと「ぬる」をこすり取って、流す。

九月某日　晴

今日も「ぬる」があらわれた。

今日のは、蝶《ちょう》の模様の切手をコレクションしている「ぬる」だった。ためらいなく、蝶の切手ごと、流してやる。

九月某日　雨

急に寒くなる。「ぬる」はあらわれない。

寒さに弱いのだ。

九月某日　晴

暑さがぶりかえす。

一日じゅう「ぬる」を待ってみたけれど、結局出現しなかった。

九月某日　曇

また寒い。

近所の庭の灌木に咲いていた白い花が、たくさん散っている。子供のてのひらくらいの大きさに、ぱあっと広がって咲く花だったけれど、散ったものは、みんなつぼまっている。どれも固く巻いた傘のようなかたちになって、地面に落ちている。

拾って、においをかいでみる。

青くさい。

「ぬる」が、灌木の横の、白く塗った塀にくっついていないかどうか、こっそりさわってみるが、いない。

固く巻いた花を一つ、かばんに入れる。半袖から出ている腕が、寒い。ここの家の「ぬる」ならば、きっとロイヤルコペンハーゲンの二十世紀の初頭ものの揃いあたりをコレクションしていただろうに、と思いながら、とぼとぼと帰る。

すればするほど。

十月某日　晴

耳鼻科に行く。

耳そうじをしてもらうためである。

わたしは耳の穴がものすごく細い。今までいろんな土地に住んだけれど、どんな土地のどんな耳鼻科に行っても、必ず、

「絶対に自分で耳そうじしないで下さい」

と、厳命された。

一度、どうして自分でしてはいけないか、聞いてみたら、

「すればするほど、奥におしこまれてしまうからです」

と、言われた。

すればするほど、ですか。聞き返すと、お医者さんは重々しく、

すればするほどです。

と、答えたのだった。

十月某日　晴

耳そうじをしたので、耳がよく聞こえる。

電車で、斜めうしろに立っていた女のひとたちの会話。

「こないだあたし、銀座の松屋に行ったらね、すごくいいお財布があったのよ」

「買ったの？」

「ううん、その日は仏滅だったから、よした」

振り返ってこっそり見ると、女の人たちの片方は、ヴィトンのなんとか（わたしには名前がわからない）シリーズの大きなバッグ、もう片方はバーキン（たしかの、青っぽいのを、持っていた。服も靴もお化粧も、非のうちどころなし。

でも、仏滅が、重要なんだ。

びっくりして、それから、少しだけ、心が暖まる、感じ。

十月某日　曇

こどもの保護者会に行く。

「どうしてもお子さんにあれこれ口を出したいというお母さまは……

ペットを飼ってください」

という話をした先生がいて、これにも、びっくりする。

十月某日　晴

隣町に、映画を見に行く。

うしろの席の女の人たちの会話。

「うちのおとうさん、息が苦しい苦しいって言ってたら……鼻にキノコが生えてたの」

飛び上がりそうに、びっくりする。そっとうしろをうかがう。きれいな色のカーディガンを着た、品のいい女の人だった。

十月某日　雨

隣町に、絵葉書の買い出しに行く。

高架下を、パンクのカップルが歩いている。どくろ模様のトートバッグを、男の子のほうが肩から提げている。大きくふくらんでいるバッグの、片端からは、青々とした長ねぎが、はみでている。それから、四半分《しはんぶん》したはくさいの、葉っぱの部分も。

「ぽんず、あるよね？」「たしか、あったよね」と言い合いながら、カップルは、団地の方へ歩いていった。

ぞうさん。

十一月某日　晴

電車に乗る。

八十代くらいのおばあさんが二人、隣の席に座っている。それぞれ、文庫本と新書を読んでいる。

こっそりと覗きこんでみると、大柄なほうのおばあさんが読んでいるのは『少年愛の美学』だった。もう片方の小柄なおばあさんの持っている新書の、今読んでいるところの章題は「小沢一郎待望論はなぜ根強いか」。

圧倒されて、なんとなくうつむく。

十一月某日　曇

また電車に乗る。

走りはじめてからしばらくして、車内放送がかかる。

「このようなかけこみ乗車はたいへん危険ですから、絶対におやめください」

緊迫した声である。けれど電車はすでに発車しているし、「このような」と言われてもそれがどのようなかけこみ乗車なのか、ぜんぜんわからないし、そもそも誰に向かって言っているのだ？

というようなことを思いながら、電車の中を見まわす。誰一人、放送についていぶかしく思っている様子はない。放送よりもそっちのほうが怖くて、ひっそりとうつむく。

十一月某日　晴

このごろ、いろいろなお店で、店員さんが名札をつけていることが多い。少し前から、名前コレクションを始めたので、今月までに集めた「ちょっといい名前」を発表します。

はがねさん

なかつぎさん
しょうたさん
うえさん
ぞうさん
みんな、名字である。ひらがな表記が多いので、漢字は不明のこと多し。今後もコレクション続行の予定。身近でいい名前をみつけたら、ぜひご一報を。

十一月某日　晴

地下鉄に乗る。
改札で、パスネットの残り金額が二十円と表示されたので、ホームの売店で、
「パスネットは売ってますか」と聞く。
売り場のおばさんは、大きくウインクしながら、
「ホームの売店なら、どんな小規模な店でも、もれなく売ってるよ」
と答えた。

では五千円のを一枚。頼むと、おばさんはうしろを向き、在庫の飴の箱の前にたたずんだ。

しばらくしてから、おばさんは、

「おまけもつけたよ」

と言い、わたしのてのひらに、「ビタミンC配合のど飴」の見本を一つとパスネットを一緒にのせながら、またウインクをした。

あ、ありがとうございます。おずおず言うと、おばさんは、

「またここで買い物してよね。きっとだからね」

と言い、みたび、大きくて魅力的なウインクをした。

なんとなくこわい。

十二月某日　晴

下北沢に行く。

商店街をずっと歩いてゆくと、だんだんお店がまばらになってくる。

帽子屋さん、お好み焼き屋さん、美容院、タイカレー屋さん、中古おもちゃ屋さん、と、飛び飛びにあるお店を数えているうちに、さらにフェイドアウトするようにお店はまばらになり、やがて住宅だけになった。

たたずんで、ずっと先の消失点のあたりを眺めると、何かある。

近寄っていくと、それは「棚」だった。道路に置かれた、人の背の高さほどの「棚」。

「棚」には、本がぎっしりと並べられており、つるされたボール紙に「一冊百円。お金は箱に入れてください。お釣りの用意はありません」とあった。

無人古本販売所なのであった。

十二月某日　晴

無人の販売所で売るものとして、不適当なものを、いろいろ考えてみる。
液晶テレビ↓一台あたりが高価なので、箱がすぐに紙幣でいっぱいになってしまう
にわとり↓勝手に逃げ出してしまう
ケーキ↓ゴミがくっつく
車↓場所をとる
ふとん↓雨が降ると水がしみこんで重くなる
肉↓なんとなくこわい
いろいろ例をあげて考えてみたが、それでは古本は、無人販売所で売るのに適しているのかどうかについては、結局判断がつかない。

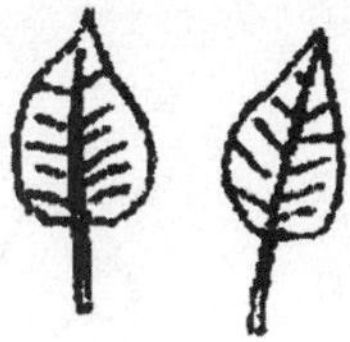

十二月某日　雨

お店の人がつけている名札の名字コレクション・その2。

ぼうぼしさん

ぼうはたさん

ほぼさん

ほじさん

ほしのさん

最後の「ほしのさん」は、普通の名字であるような気もするのだけれど、並べて書いているうちに、だんだんわからなくなってきた。ひらがなが、いけないのだと思う。

十二月某日　曇

今年最後の日。

紅白歌合戦を見て、少しだけ本を読んで、さあ眠ろう、と思ったのに、ぜんぜん眠れない。

しかたなく、もう一冊、本を読む。眠気はぜんぜんこない。もう一冊。でもやっぱり眠れない。そのうちにカーテンの向こうの「真っ暗」の明度が少しずつあがって、「暗い」くらいになってくる。

こうなったら初日の出を見るしかないと思って、窓を開ける。だんだんあたりが白んでくる。からすが鳴いている。すずめも、少しだけ。ぼんやりとした太陽っぽいものが、向こうの空にあがってくる。ああ、来年がほんとうに来ちゃったよ。寒いので手をたくしこんでいる綿入れ半纏《ばんてん》の両袖を揺らしながら、思う。

来年。それはどんな年でしょう。あ、でももう来年じゃなく、今年なんだ。太陽はあいかわらずぼんやりとしている。すずめの鳴き声が、だんだん大きくなってくる。鳩《はと》もぐるぐるいっている。高架の方から、お正月特別ダイヤの中央線の音が、ゆっくりと響いてくる。今年。ヤクザの人に因縁つけられませんように。肝臓のγGTP値があんまり高くなりませんように。世界が少しでも平和になりますように。それから、今年こそ、くつしたを裏返しにはく癖が、なおりますように。

甘くないんです。

一月某日　曇

おつかいに行こうと道を歩いていると、洗濯機が置いてある。ガードレールのとぎれめの、去年の落ち葉のたまった、道の端である。一槽式。乾燥機能はついていない。元は白かったらしいけれど、だいぶん色がくすんでいる。

誰かがこっそり夜の間に持ってきて放置したのだろうか。ゆうべ降った雨がふたのへこみにたまっていて、ひどく寒々しい。

一月某日　晴

しばらく置きっぱなしになっていた洗濯機が、今日は横倒しになっている。

ふたは開き、脱いだかたちに丸まったままの茶色いくつしたが、中からころがり出たのだろう、すぐそばに落ちている。

洗濯機は最初の頃よりももっと黒ずんで、ふたが開いたため、口の奥が見えている人のように頼りない感じで、見ているのが、なんだかつらい。

だっと駆けだして、逃げる。

一月某日　晴

洗濯機の横を通りたくないのだけれど、そこしか道がないので、いやいや歩いてゆく。

目をそむけるようにして行くと、洗濯機は横倒しからまっすぐに直っていた。びっくりして、観察する。

黒ずんだ色には変わりがないけれど、ふたのへこみが少し浅くなっている。ころがり出ていたくつしたは、なくなっている。おそるおそるふたを開くと、くつしたは、この前と同じく脱いだかたちにまるまったまま、洗濯槽の底にあった。

誰か親切なひとがいて、廃洗濯機の面倒をみてあげているのだろうか？

一月某日　晴

おみやげに持ってゆくために、近所のお店に甘いものを買いにゆく。ときおりわたしも鯛焼きを買うお店なのだけれど、甘いものを常食していないわたしが食べるくらいなので、そこの店の鯛焼きは甘みが薄い。みやげを持ってゆく先のひとは、「甘いものは、きちんと甘くなければいけないと思います」という意見を、声を大にして常々主張しているひとなので、心配になる。

「このお店で、いちばん甘いものをください」と、店員さんに頼んでみる。すると店員さんはいばった口調で、

「うちのものは、すべて甘くないんです」と、答えた。

ぜんぶ、甘くないんですか？　大福もお団子もおまんじゅうも、ぜんぶですか？　仰天して聞き返すと、店員さんは、そんなことも知らないのかこのお客は、という顔で、

「すべて、甘くないんです」と、繰り返した。

一月某日　晴

結局昨日のみやげは違う店で買った。甘くないことをいばる甘いもの屋さんなんて、でえっきれえだ、と思ったからである。

何かを憎く思うのは、後生が悪い感じで、ちょっと不安。

夕方、『東京人』編集部宛に読者のかたが送ってくださった「名札の名字コレクション情報」のお手紙を、どこかになくしてしまったことに気づく。

罰《ばち》があたったんだ。

おののく。でもやっぱり、「あんないばった甘いもの屋なんぞ、でえっきれえだ」という気持ちはぜんぜん去らない。

親切な読者のかた、ごめんなさい。

二十回くらい、心の中で謝ってみる。罰なんかじゃなくて、たんに自分が不注意だということなんだと、自省もしてみる（それでもやっぱり「でえっきれえだ」は、ぜんぜん去らない）。

セックスシンボルかしら。

二月某日　晴

風が強い。

駅までの桜並木の枯れ枝に、何かがひっかかっている。ずいぶん高い枝なので、みわけがつかない。

五分くらいたって、ひときわ強い風が吹いた拍子に、ひっかかっていたものがぱあっと広がる。

茶色い、革の、ズボンだった。

広がって、そのままズボンは枝から離れた。五階だてのマンションの向こうへと、ズボンは勢いよく飛ばされていった。人がはいている形にきれいにふくらんだまま、遠い空へと、飛ばされていった。

二月某日　晴

ずっと春のような陽気が続いていたけれど、久しぶりに寒い。

この数日、駅までの桜並木の道を連日歩いている。どのへんにどんな枝ぶりの木があるのか、だんだんわかってくる。

中でいちばん好きなのは、子どものお尻そっくりの瘤《こぶ》のある木。「お尻コブさま」とひそかに呼んで、前を通る時には手を振ることにしている。

もう一本、「お口コブさま」の木もあって、こちらの方では手は振らずに会釈をする。「お口」は、太宰治の「斜陽」の「スウプをヒラリと一さじ流し込むお母さまのお口」っぽい瘤である。そういえば、「お口コブ」の木は、太宰治が入水《じゅすい》したといわれる場所の、すぐ横にあるのだった。

二月某日　晴

クリーニング屋さんに行く。

おばさんが、しきりにせきこんでいる。

「風邪ですか」と聞くと、

「風邪なのよ。洟《はな》がいっぱい出て、顔じゅうぜんぶが洟くさいの」とおばさんは答える。

帰ってからも、「洟くさい」という言葉が頭いっぱいに響きわたっている。「くさい」の中でも相当困った「くさい」だと思う。

おばさんにいたく同情する。

二月某日　雨

郵便物を開く。太くて頑丈な透明テープを使ってある。はがす音が、今日はいやに大きく聞こえる。いつもより二目盛りぶんくらい、音が大きくなっている感じ。

二月某日　晴

朝からずっと細かい雨が降っているせいだろうか。

ひよこの夢をみる。

大きなひよこ十羽ほどにのしかかられる夢である。

ひよこは体が暖かくて、羽根がたっぷりあって、鳥の匂いがして、のしかかられているうちに、なんだかうっとりしてくる。

目覚めてから、さてこれは淫夢だったのだろうかと、迷う。午前中ずっと考えたけれど、結論は出なかった。

二月某日　曇

またひよこの夢をみる。

この前とちがう、もっとずっとこまかなひよこが、部屋じゅうを走りまわっている夢である。

ひよこは全部で百羽以上もいて、そのうえ全部のひよこがぴよぴよ鳴きたてているものだから、ものすごくうるさい。それなのに、やっぱりなんだかうっとりしてしまう。

ひよこって、わたしにとってのセックスシンボルなのかしらんと、起きてからしばらく考えこむ。

307　**セックスシンボルかしら。**

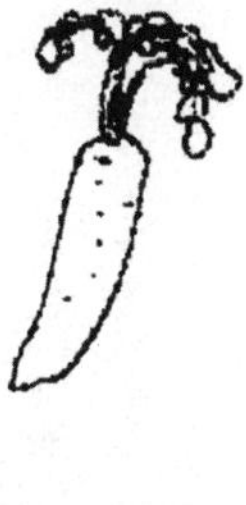

『東京日記2　ほかに踊りを知らない。』単行本あとがき

ついこの前『東京日記　卵一個ぶんのお祝い。』が出たばかりと思っておりましたら、すぐに三年がたって、この二冊めを上梓《じょうし》することとなりました。

あいかわらず、中の五分の四くらいは、うそみたいですがほんとうのことです。

引っ越しの多い人生なのに、この『東京日記2　ほかに踊りを知らない。』の期間は、一回も引っ越さなかったこと。三年ぶん年をとって、以前よりも少しだけ掃除をするようになったこと（ちらかった部屋にずっと居つづける体力が年々減るので）。年賀状を出すのが年ごとに遅くなっていること。

読み返しながら、そんなことを思い返しておりました。

みなさまのこの三年間は、どんな年月だったでしょう。

どのひとの上にも、ひとしく幸いが訪れていますように。
そして、もしまんいちなにがしかの不運をこうむったひとにも、近く幸いが訪れますように。

二〇〇七年晩秋　武蔵野にて

解説

沼田真佑

まことにこの世は、奇っ怪な生き物、摩訶《まか》ふしぎな事象で満ち満ちていて、エレベーターのドアがひらいたら、無人の箱の真ん中に、ヒョウ柄のシルクハットが置かれてあるうち、中のふたつの渦巻きみたいな斑紋と目線が妙にかち合ってみたり、これはもうずいぶんと昔の話になるけれど、現職の法務大臣の、その友人の友人がアルカーイダであったりと、万事にけじめがつきにくい事態になっているらしい。

なのでたとえば、そんな乱雑が大きらいだという人は、もう外へなんか出たくない、誰とも何とも会いたくない、部屋に籠もってひねもす何にも考えずにいよう、本当にそうだ、そうするべきだと心をかためて、いやいや、そうはいってもせっかくの休日、無為に過ごすのも面白くないし勿体《もったい》ないから、酒でも呷《あお》って眠っちまうにかぎるなと、そぞろにこう思い立ち、よせばいいのに実行に移せば、まだしも逃避が可能な現実などよりー枚も二枚も役者が上の、手加減なしに混沌《こんとん》とした悪夢にうなされ、掛け布団やらシーツやら、一緒くたになり絡まっているのを翌朝になって発見し、こんな物質的な乱れも彼は、ゆるせないたちの人間だから、心労はいや増すばかりで逃げ場がないのだ。ならばいっそのこと、このとっちらかった世界を丸ごと受け容れ、日常にはびこる雑多な矛盾も遠慮会釈なく飛び交う不条理も、まあそんなものかと観念し、不快がるよりはむしろ愉快に感じるおおどかな心を持つことができたら、この世はバラ色、憂き世は浮き世に変わるわけじゃないか一件落着、と、こうした意見が出るのもわかるが、なまなかなことではそういう真空状態を、自身の内に育むことはできないのだし、ましてやこれを多年にわたり維持して生きてゆくのには、修練が要るのはもちろんのこと、まずもって天賦の才が要求される、綱渡りみたいな芸当なのではないだろうか。

大まかにいって人間には、程度の差こそあれ、よろずに感じ方の鈍いタイプと、何にでも過敏に感じ入ってしまうタイプとの二種類があると思うけれども、そのどちらもが、自己の特性をそっくりそのまま甘受して、それで済まされるようなものではないらしく、鈍感な人は感じやすさに、敏感な人はなまくらにあこがれ右往左往しながら齢をかさねる。どうも人間は、自分で自分を鞭打《むちう》ちたがる生き物らしい。そしてこの鞭の力をときおりゆるめる、あるいは強めるためにもこの日記を書くという行為、案外有効なのかもしれないのだ。

一個の愚か者が中年をむかえ、遅まきながら自身を叱咤《しった》、だれた感性を砥《と》ぎあげてみようと発心し、臆面もなく試みたという、本書『東京日記』とは全然異なるベクトルをしめす日記というものを、魯鈍《ろどん》なわたしもしてみむとするなり。題して『渋民《しぶたみ》日記』。渋民は岩手県盛岡市郊外にある地名である。田畑が多く、冬場は一面雪が積もって、視界はそれこそ白一色と化す田舎町。そのあたりだって、『東京日記』と正反対だ。

二月某日　晴

チョコレート。緑色の小箱をあけると、八つの小部屋に、それぞれに形も色味も異なる可愛らしいのがおさまっている。先日、バレンタインデーだというので手渡され、そんな行事とは無縁で生きてきたので、思わず一瞬、チョコレートではなくアル・カポネの顔が脳裡《のうり》に浮かんだ。

午後、『東京日記』を読む。あまりするするとページが進んで勿体《もったい》ないので、「みどりっぽい気分。」という章を読み切ったところで、いったん書棚にしまうことにする。中の「オクラごっこ」の話がしみじみと可憐《かれん》で忘れがたく、思わず気持ちが、同居する九歳の牝《めす》のポメラニアンへ、指はチョコレートの箱へと伸びてゆく。

人間がオクラになり切ることは、確かに大仕事だろうとカカオのコクを舌の裏側にねっとり感じつつ思う。そんな離れ業をこだわりなく実行に移せる幼心を心底うらやましく思う。

二月某日　晴ときどき雪

午後遅い時刻に目が覚めて、最初晴れていたのがしばらくすると小雪がちらつき、窓から望む田んぼは一面織かな銀の紗《しゃ》がかかって見える。台所へ行きほうじ茶を淹《い》れ、ひと口啜《すす》って、乾いた喉をしめらせてから『東京日記』のページをひらく。

十数ページをひと息に読んで、思わず洩《も》れ出してきそうな声を呑《の》み込み、そっと本を閉じる。

一日ひとつに抑えておこうと、当初決めていたルールはあっさりやぶられ、チョコレートをもうひとつだけ、口の中にほうり込む。

部屋に戻り再び『東京日記』。

残照を浴びてほの赤く染まったページに踊る明朝体が目に染みるよう。

二月某日　雪

深夜、台所にて『東京日記』。

立ってする読書というのが結構好きで、流しの上にはウイスキーグラスが用意してある。しかしこのグラス、中身は日本酒なのである。全体に小作りだから縁まで注いでもそれほど見栄えは悪くない。ただし一合半は入るから、酔っ払わぬよう注意が必要。

『東京日記』を読んでいると、無性に飲酒におよびたくなるのはどうしてだろう。

酒を呑む話がよく出てくるから？

ページを繰ると立ちのぼる音色が日本酒の、とりわけ吟醸酒の香りと響き合うから？

心地よい文章のリズムに気持ちがどんどん華やいでくるから？

いや、ひょっとして少し、さみしくなるから？

蛍光灯の冴え冴えとした光のもとでひときわ黒い明朝体が目に染みるよう。

二月某日　雪

「私を愛して下さるのなら、殺して下さい。」

午前十一時半を回ったころのことだった。五輪の結果を知っておこうとテレビを点けたら、画面にこんな性急な文句が貼りついていた。昨夜観た映画かドラマの字幕が消えずに残っているらしい。それにつけても自分はいったい、就寝前に何を観たのやら。深夜、呪わしいことにこの日は休肝日だったので、甜茶《てんちゃ》を飲みつつ『東京日記』。すらすらと読むのに行と行、文字と文字とのあいだから薫る都会の季感が快く沁《し》みる。虚実交じり合う様子の色っぽさにくらくらしてくる。酒なんかなくても酩酊《めいてい》できる。五感を痺れさすことができる。

「わたしを愛してくださるのなら、殺してください」

ベッドに入り電灯を落とすと、猛然と酒が呑みたくなってきて、枕を相手にこんなふうに囁《ささや》いてみる。

三月某日 曇

むやみに人が恋しくなって、携帯電話を引っつかみ、数少ない友人の一人の顔を思い浮かべて、発信ボタンに手をかけてみる、風の強い夜。最近日記を書いてるんだと口に出したら友人は言下にやめとけといった。それが間、髪を容れず、といった感じで不愉快なので、こちらも間、髪を容れずに理由を訊《き》いたら、

「どうせつまんねえ生活してるだろうから」

だそうな。

じつに持つべきものは友人で、いったい自分は、どうして日記を書いたりなんかしたんだろうと、今さらながら後悔の念が込みあげてくる。けれど敗北には、敗者への贈り物というのがつきもので、おかげでわたしは生まれて初めて座右の銘なるものを持つことができた。いわく「やめとけ」。

三日坊主というやつで、思えば小さいころから怺《こら》え性がなく、何をやらせても長続き

しない男だったが、それはばかりじゃない、本当に力が尽きてしまったのだ。全体の五分の一を虚で彩るという、この微妙な配分を意識しながら書くことで、少しでも自分の文章に、色気や奥行きが生まれてくれたらと願って着手したものの、この日記という表現形式、わたしという書き手の筆力の欠如があられもなく露呈されてしまう難物なのだ。

思い返せば二十代のころに、自分は本書『東京日記』の単行本を福岡市の書店で購入し、夜ごとページをめくっては、活字中毒者の一人として大きな愉しみをいただいた。同時に拙いながら、趣味としての域を一歩も出ないものでありながら、文章を書くことの面白さを感じ始めていた当時のわたしは、そこにまったく圧力のない、といって無数の針がふくまれてあるからどのページにも閃光《せんこう》がちらつき眩《まぶ》しいような、同時に世にもさみしいようなその文章に、胸がさわいだ。そしてそのときに感じた疼《うず》くようなときめきは、このたび十数年ぶりに本書を読み返しても、少しも変わるところがなく、いっそう新鮮な熱度をもって蘇《よみがえ》ってくれたのだ。

川上弘美さんという小説家の書く文章に、心打たれず、そしてまた耽溺《たんでき》した経験を持たない文章書きなどただの一人もいないというのは、本を読む習慣がある人なら誰でも知っていることだ。そしてこのことは、小説家という暖簾《のれん》を出してまだ一年程度のヒヨッコが声高に触れ回るまでもないことだというのも自覚しているつもりである。ただせめて、そんなばか者が持てる蛮勇をふるってこのように、不調法きわまる日記に手を染め、もっともらしく「文庫解説」などと銘打って、公にさらした愚行をこの世の中でただ一人でいい、誰かゆるしてください。

（ぬまた・しんすけ　作家）

文庫版あとがき

連載を開始してから現在で十八年めに突入した『東京日記』が、このたびはじめてこうして文庫本になりました。一冊目と二冊目を合本にした本書を読みなおすと、ずいぶんと世の中も自分も変化したことがわかります。いちばんの変化は、電話の回数。以前は電話をよくしていました。知人や友人にするだけでなく、時報のお知らせやリカちゃん電話にまでかけていた自分を知り、驚愕《きょうがく》しました。よく出かけていたことにも、びっくりします。今では週に三回ぐらいしか家を出ないうえに、そのうち二回は駅前のスーパーマーケットに行くことにとどまる、というふうなのに、以前はしょっちゅう知人や友人に会っているではありませんか。若かったです(遠い目)。

文庫の解説を、沼田真佑《ぬまたしんすけ》さんが書いてくださいました。「沼田さんの日記を」というお願いに答えてくださった、とても沼田さんらしい、チャーミングで少し毒のあるすばらしい日記を、ほんとうにありがとうございました。ちなみに、本書冒頭の「タツヤという名の人に知り合いがいない」は、去年解消されました。新しい担当編集者の名前が、「タツヤさん」なのでした。が、銀座のてんぷらには、あれから二十年近くたった今も、やっぱり行っていません。たぶん、この先の二十年も、行かないと予想されます……。

お手にとって読んでくださったみなさまに、心からの感謝を。

二〇一八年初夏　武蔵野にて

集英社文庫

東京日記《とうきょうにっき》 1+2 卵一個《たまごいっこ》ぶんのお祝《いわ》い。／ほかに踊《おど》りを知《し》らない。

2018年6月30日 第1刷
2021年6月23日 第2刷

定価はカバーに表示してあります。

著　者　川上弘美《かわかみひろみ》

発行者　徳永　真

発行所　株式会社 集英社
東京都千代田区一ツ橋2-5-10　〒101-8050
電話　【編集部】03-3230-6095
【読者係】03-3230-6080
【販売部】03-3230-6393（書店専用）

印　刷　大日本印刷株式会社

製　本　大日本印刷株式会社

フォーマットデザイン　アリヤマデザインストア　　マークデザイン　居山浩二

ISBN978-4-08-745752-0 C0195